私が見た佐富士は

松下幸之助の伝説的原点

与儀清安
Yogi Kiyoyasu

ブックウェイ

目　次

和佐富士は見た　松下幸之助の伝説的原点　5
◆ノンフィクション◆　松下幸之助の生い立ち　77
後記　87

装幀　2DAY

（上）著者自宅から見る、かつての松下家耕作地
（下）松下幸之助生誕の地に建つ碑

（左）朽ちた千旦の松

（下）幸之助桜

和佐富士は見た

松下幸之助の伝説的原点

(1)

今から百三十八億年前。

何もなかった真空の宇宙の中で、何らかの原因でその空白の、いたる所でインフレーション、続いて、ビッグバンが起こり、ひとつの素粒子から気の遠くなるような時間を経て、天の川銀河の端っこに地球が形成され、やがて幾多の進化によって人類が誕生し、その中のひとりが経営の神様、松下幸之助である。

彼は昭和四十八年、八十歳を期に経営の第一線から退いたが、その後も相談役として、月例の本社役員会などで西宮市の自宅から門真市にある本社へ出社していたが、体力の減少が著しくなって以降、対外的な公式行事には参加せず、松下記念病院の清楚な特別室で過ごすようになっていた。

その病室は、ドアを開けると、すぐ目の前の中央にごく普通のシングルベッドがあり、白い壁際には木目調の細長いテーブル兼収納家具、その反対側には、病室を訪れる予定の人々の名と会社名、役職名などが書いてある白板があり、その脇には来客が座る地味な色彩のソファが置かれていた。

幸之助は日々、柔らかい朝食のあと、ベッドの上から右手の白板を見詰めては、その日の来客への対応を考えていた。

そんな折、三月末期決算の子会社の重役や、本社の役員達は、静寂の廊下でしばし待たされることも多かった。

本社から派遣された秘書の社員が白いドアを開け、病室の中へ訪問客を招き入れる時、車椅子に座り、白いワイシャツに地味なネクタイ、背広姿の幸之助が、じっと窓の外を眺めていることもあった。

大正七年、大阪の西野田・大開町で松下電気器具製作所を創業、その後、昭和七年に事業拡大のため門真市に本社・工場を移転したが、当時、この辺りは蓮根畑だった。義弟井植歳男をはじめとする幹部達は、大開町から見てこの門真の方角は鬼門ということで反対した。

あれから五十有余年。

今日、松下電器が存在することが、自らの判断が誤りでなかったことの証であり、彼はこの歳になるまでの来し方を改めて噛み締めた。

長身の秘書に後から優しく声をかけられた。

幸之助はふと我に返り、ドアの方へ首を向けた。顔一面に微笑を湛えた秘書が、幸之助の乗る車椅子を来客用の長方形テーブルの方へ移動した。すでに黒い革鞄を持ってそこに立っている系列会社社長のTに、幸之助は「ご苦労やな」と、いつもの野太い声を出して挨拶し、高齢のため顔に皺が目立つものの、メガネの奥にはなお生への気迫を感じさせつつ、Tを見上げた。

「どうぞおかけ下さい」

とTに向かって言ってから、秘書は部屋を出ていった。

Tはソファに腰をかけ、幸之助とテーブルをはさんで対座し、自社の決算前の事業報告、つまり売上高や営業利益と、儲けの足を引っぱる主な損失の元凶が、どこにあったのか、分析し、その課題を克服するために、どのような改善策を施すのか事細かく説明した。

幸之助はじっと目を閉じ、Tの話を聞いていた。

Tの述べる計画が実効性があり合理的で納得出来るものであると確信し、共存共栄の精神に合致するものであると認めた場合でも、全面的に支持するような素振りは見せず、静かに耳を傾け続けた。

そして、目を開けた。

「上向きやな。収支のバランスが重要やさかい、借入金を減らさんと、気付いたときはもう遅い。えらいことになるさかいに」

　幸之助は両手を車椅子に乗せたまま、冷静な目つきでTを見据えた。

「解りました」

　Tは数十年も前のことだが、入社三年目の頃、本社の構内で歩いている幸之助の姿を何度か見かけたことがあったが、そのたびに畏怖ともいうべき緊張を覚えた。その後、子会社の役員になって、仕事上で何度も会うようになってからも、若いときに抱いた畏怖心は消えず、幸之助が発するオーラに、心身共に硬直させられるような思いに捕われていた。

　今回も幸之助の助言を聞きながら、思わず書類を床に落しそうになり、慌てて拾い上げて気を取り直した。

　Tは緊張で喉が渇いた。

　幸之助は時に冷たそうに見える目差しでTを見ていたが、突然、窓際の方へ車椅子を移動させ、ガラス窓越しに門真の町並の風景に目をやった。

「ところで、君。共労の松下で働いている社員は幸せと思っているだろうか」と、野太い声で聞いた。

　Tは思いがけない問いに思わず立ち上り、幸之助の質問の意図が何なのか、瞬時に頭の中で咀嚼することが出来ず、暫く黙っていた。

「君。どう思う」

幸之助は頭だけをTの方に向け、もう一度たずねた。

「幸せと思っております」と答えたものの、幸之助の顔を見るとその表情は固いままで、その抉るような瞳に見詰め続けられて、Tは窒息しそうであった。

「会社は体力のあるうちはええ。所帯が大きくなればなるほど、経営の本質が肥大化し薄められていく。時代の潮目が見えなくなる。まあ保守化やな。不透明な世界で、時の流れを読む先見性があるか、ないかや」

幸之助は再び建物が立て込んでいる門真の町を遠い目で見つつ、つっぱなすように言い切った。


さまざまな出来事が、その時、彼の中を走馬灯のように通り抜けていった。

電気が一般家庭に普及し始めた頃、幸之助は配線工より高給取りの検査技師の職をなげ捨てて、ベークライトで作る二股ソケット製作を電力会社の同僚達と大阪福島で始めた。しかし製品は売れず、皆は辞めていった。幸之助もこれまでと思った。年を越すお金など一銭もなかった。幸せに通じる動きは少しも見えてこなかった。しかし、会社に残った嫁と嫁の弟歳男、幸之助達に、絶体絶命というべき貧しさが襲いかかっていたある日、営業でまわっていた電気問屋の社長が訪ねて来た。その当時の扇風機の絶縁体は碍盤《がいばん》と言って、壊れやすい陶器製でその修理が大変だった。その部分を黒色のベークライトで作ってほしいとの申し出であった。幸之助に成算があった訳ではないが、その話をことわる理由もなかった。何度も失敗を重ねながら、死にもの狂いで試作品を作った。それが思ったよりもうまく行き、その甲斐あって、この製品は製造が間に合わないほど売れ始めた。幸之助達は息をふきかえし、立ち直ったのだった。

幸之助がよく言っていた「ピンチの陰にチャンスあり」というのはこのことを指している。それから、あの有名な、住友銀行から販売店の苦境を知らされて、熱海で全国の販売店の責任者を集めての会議で、皆は松下の苦言苦情ばかり言って、いっこうに打開の道は開けなかったことがある。幸之助も自社ブランドのプライドを掛けて、「あなたたちは血の小便が出たことがありますか！」と自らが血の小便が出るまで苦労したことなどで強気の反論を繰り返した。だが、数日目でやっと自らの驕りに気づき、演壇の上で涙し、謝罪した時、どこからともなく、誰からともなく立ち上って、会場割れんばかりの「松下電器、万歳！」という巨大な雄叫びが湧き上ったという。その時、全国の販売店と、涙ぐむ幸之助の気持ちがひとつになった歴史的な感動の瞬間でもあった。

いつの時代でも、幸之助は「企業の使命」を考えてきた。

若かりし頃の熱海会議での、会場いっぱいの、どよめきにも似た万歳三唱は、その後の松下電器の発展が間違いではなかったことの現れとして、心地良い思い出の一つだった。今もまた、幸之助の脳裡には、あのときのことが、臨場感を持って鮮やかに蘇っていたが、その追憶は次第に遠ざかり、そして、我に返った。

静かな病室に長い沈黙の時間が流れたあと、急に車椅子をTの方へ回転させた。

「今日はご苦労やったな」と、ぽつんとひと言言って、また車椅子を窓際に寄せ、何か思い詰めたかのように、外を見詰め続けた。

Tは幸之助の後姿に深々と一礼してから病室を出ていった。

(2)

幸之助の九十歳を過ぎた肉体は目に見えて衰えていくばかりであった。

その冬は寒さが長く居座り、春が来ても、バランスの取れない体調の中、インフルエンザに罹り、熱がなかなか下らない日が続いた。幸之助の病状は次第に悪い方へ進み、もう残された時間がいくばくもないような状態に直面していた。松下記念病院のY医師を中心とした担当医は、ここ数週間が山場だと宣告した。

目が離せない状態が続いていた。

病室前の廊下や病室内に静かな緊張感が漂うなか、ベッドの上で身じろぎしない幸之助を、見舞いに来た関係者や父親似の幸之助の孫を含む親類達が見守っていた。

突然、幸之助が目を開け、喉の奥に痰がからんだような咳をした後、「Y君」、と細々と、それでいて、はっきりとした声で横にいる主治医の名を呼んだ。「痰が」と言いながら、また小さく咳込んで、背中を丸めて苦しそうに喘いだ。

Y医師は顔を幸之助に近づけた。ちょくちょく痰が炎症した喉にからむらしく、付き添いの看護婦がY医師の指示のもと、ウイルスの残滓である薄黄色の痰を吸引する医療機器をベッドの脇にセットした。Y医師は管の先を薄いゴム手袋をはめた手に持って、幸之助の横にしゃがみ込み、吸引を始めようとした。

「痛みますけど、いいですか」

幸之助の咳が治まるのを待って、いつもの優しい接し方で尋ねた。

「ぼくの方がお願いしているんですから」と、幸之助は静かな深みのある声で答えた。

Y医師が丁重に横に穴のあいたビニール製の管の先を、口の中へ入れると、痛みが強いはずなのに、ただ所在なげな表情で事が過ぎて行くのを、幸之助はじっと待ち、痛そうな顔は見せなかった。

Y医師は痰の吸引の後、点滴の準備が揃うと、「楽になりますから」と言って、痩せた細い腕に点滴の針を刺した。

幸之助は目をつぶったまま返事を返さなかった。


四月二十六日夜半から危篤状態となった。

心電計の波動に異変が現われ、朝になってもそれは続いた。皆が見守るなかで病室内に白いカーテン越しの柔らかい光に包まれたベッドの上の幸之助は、生きるものの、悲しみと哀れを乗り越えて、生と死の恐れと不安の葛藤もなく、横たわっているように見えた。

突然、何かを求めるかのような小さな声を出した。

Y医師が幸之助の口元に耳を寄せると、「みず」と聞こえた。

心配げな周りの皆は生命力の強靭さに圧倒された。

「水が飲みたいんですか」と、Y医師が確かめると、幸之助はゆっくりとした動きで軽く相槌を打った。彼は木目調の棚からガラス製の飲みぐちの小さな水差しを取り、少しだけ開いた唇の奥へ水を注ぎ込んだ時、喉骨がわずかだけ動くのが確認出来たが、白く乾いた唇の端から皺に沿って顎に余剰の水が流れ落ちていく。すぐ、付き添いの看護婦が白いガーゼで払い取っていく。Y医師が幸之助の顔に覆い被さり、「まだ、飲みますか」と、耳元へ大きな声で問いかけたが、もう何の反応も返ってこなかった。

その時、幸之助の脳は、現実感が希薄になっていく過程で、心地良い気分を味わっていた。するど、釈迦がヒマラヤ山脈の麓の修業の場とした未開の雲霧林が突然視界に現われ、その間隙からまばゆい光が出現し拡大する。彼にとって、かくなる夢は見たことのない光景であり、今まで目にしてきた風景とはまったく異質の光景であった。それは黄金色の光に充ち溢れ、無限界の時空にひときわ強く、照り輝く、巨大な釈迦が立ち、半目で幸之助を見守り続けているようであった。

そして、西の空から忽然《こつぜん》現れた白龍が、稲光と共に胴を波打たせながら、黄金色の空を切り裂き、釈迦の周りを巡回し始めると、眩しすぎる光に釈迦は大きく目を開いた。

と、その時、

「何かを得るために自らを失う」と古代インド語であるサンスクリット語で語る釈迦の声は、遠方から来る海鳴りのような響きがともなった。

「あなたのおぼしめしに」

幸之助は、死を悟った者の宿命というべき尊崇の念から、ずっと思い描いていた死の不安がないことを示すため、もう感情を現わすことなく、釈迦の言う意味をしっかりと受け止めた。

釈迦は両手を大きく広げた。

白龍は銀色の鱗を輝かせながら中空で動きを止め、静止した。と、その下に青く透き通った母なる紀ノ川が現われ、その向う岸の川原には季節とは無関係に、色とりどりの彩やかな花ばなが咲き乱れた一面の花畑が広がっている。そして、その華やかな光景の中央に土に汚れた野良着姿の、『三国志』に出てくる武人関羽が生やしていたような、長ひげを生やしたあの偉大な祖父、大柄な房右衛門が立ち、その両脇には笑顔の父親政楠や天下孤高の兄弟達、その後には多くの祖先の人達がいて、こちら側へ来るように一斉に手招きをしていた。

そこには徳枝の姿はなかった。

釈迦は、「涅槃《ねはん》――」と言いながら、祖先達が待つ、母なる紀ノ川の向う岸を巨大な右手で指差した。突然、背景であった家族や祖先達の姿がぱっと消えた。それは幸之助が釈迦の指標を得て、死を受け入れた瞬間であった。

釈迦の導く光で、キラキラと黄金色の反射が眩しい川面を渡っていくと、無風の中空に止っていた白龍が急降下してきて、口から多数の美しい花弁を空に吐き散らしながら、釈迦自身の五教の効果で、幼い頃に若返った幸之助を、五本の爪で掴み、「日本昔ばなし」に出てくる龍の背中に乗った少年のように、銀色鱗の背中に乗せて、まずは蒼穹の中天を目指してから和歌山東部、和佐富士の方向へ向きを変えていった。その時、門真の空には、彗星のような光芒を発しつつ、和歌山の空へ向う銀色の細い帯が認められた。それはやがて和歌山の幸之助の生地に近づき、枯れきった太い千旦の松の上で突然動きを止めて、すっと消えた。

そこに幸之助の魂の化身が宿るようになったという。

一九八九年四月二十七日午前十時六分、松下家の親族や会社関係者が見守るなかで、生きることへの執着《しゅうちゃく》心と死への恐れと不安を払拭し、釈迦の悟りを自らの悟りとして、幸之助は黄泉《よみ》の国へ旅立っていった。

世界中の経営者のみならず、多くの人々が彼の死を惜しんだことは言うまでもなく、引退していたとは言え、カリスマ的存在がこの世から去ったことは、経済界の歴史的な損失でもあった。

(3)

そもそも、松下幸之助が生れた土地は、和佐富士をはじめ、独立孤立峰ではない、小高い山並が駱駝のコブのように切れ目なく東から花山方面へと続き、中央構造線の活断層のくぼ地に、和歌山平野を南東から西北に縦断する紀ノ川が形成され、傾斜緩やかな大阪和泉山脈の山々が連なり、その北岸には田畑が比較的少なく、耕作地が多い南岸の東の片隅である。

風光明媚なこの一帯は、歴史的に価値の高い遺跡や、野戦場跡などが多く存在し、古代豪族紀一族の岩橋千塚古墳群、和佐富士から尾根伝いに続く中世の山城跡がある城ヶ峰、また戦国時代末期には、紀ノ川流域の田井ノ瀬で秀吉軍と、傭兵集団雑賀衆と火縄銃で撃ち合ったとか、少し離れはするが、地侍大将太田左近の太田城を水攻めで落としたとか、逸話は枚挙にいとまがない。

そして、なによりも、かつて安売りテレビを巡って争い、幸之助の方から和解のため、共に王道を歩もうとの提言した松下イズムを軽く蹴ってのけた元ダイエー社長中内功が生前、贖罪の意味と畏敬の念を込め、この地を訪れていたことを忘却のかなたへ風化させて、歴史の闇へ葬るよりも、歴史の記憶に留めていてもいいのではないか。

また、その地域の時代の息吹を伝える絵に、江戸後期、紀州藩に仕えた文人画家、野呂介石の描いた和佐真景図があるが、紀ノ川南岸に松並木が田井ノ瀬から千旦あたりまで続く様が覗える。幸之助の生家は、この絵に描かれているような街道を下って、細い土道を少し行くと、マキの木の垣根に囲まれ、表門には秋田杉の一枚引きの長屋門を構えた大きな邸であった。江戸時代の上級武家屋敷は馬が通るので入口は高く広いが、幸之助の生家は、明治の頃の農家であるため、牛など荷車が入ればいいので、低く巾が狭い。板張りの壁が見た目には地味だが、近所の大庄屋中筋家よりも広い敷地の中央部には、どっかりと母屋を含む家族の居住区があり、仏壇のある大広間、寒々しい板間と来客用の客間、それらを凹字形に囲むようにして、農作業の住み込み雇い人達の憩い場と、寝室となる長屋門の左右の部屋、木製の農機具小屋、母屋の左側には通路をへだてて、養蚕期にも使用する作業場、その向うに大きな米蔵と浅い井戸、あとは棟違いに薪で炊く土釜を含む台所や、堆肥を取るためと同時に、壮大な田畑を耕すための重い石を引かせて、鍛錬を積み重ねた強健な日本短角黒牛が二頭入る牛小屋がある。

ある本によると、明治後期には十八万四千坪の田畑を持ち、これだけの規模の農家であれば、一般的には豪農と言えるが、旱魃や風水害があって、土持ち百姓の中で土地を売る者があり、和佐村でも農地集積を進めた造り酒屋の金持ち、豪商沼平助、織田信長の焼き打ちで逃げ延びた根来寺の僧兵文貞坊を祖とする大庄屋中筋彦四郎と、平民奥田藤之助などが大地主で、松下家は小地主といった所。

幸之助の父政楠の債権処理で土地売却したあとの、調査タイミングのずれか、明治の土地納税資料では見あたらなかった。しかし、農業での盤石な生活基盤を築き上げたのが、徳川頼宣の紀州入国の折、駿河遠江から来た下級武士か農民であった祖先から二百年もの歴史がある家系の中で、一八〇一年に生まれた幸之助の祖父、房右衛門であった。

青年本百姓である彼が、二十二歳の文政六年初夏。

その年はずっと日照りが続き、雨が降らず、田植えが出来ずに困り果てた末、紀州の農民が一揆を起こしたのだった。それは紀ノ川筋の村々の農民が最大で三百人規模の群を組み、水を求めて争いあい、なおかつ日頃の権力への鬱憤《うっぷん》を晴らすため、水路の権益を握る庄屋や裕福な商家、一揆に荷担しない土持ち本百姓の家々を急襲しては、屋敷内部の家財道具類や、家の壁など一部分を破戒し、気勢を上げたのだった。そして、それが紀ノ川下流域から房右衛門らの住む中流域へと伝播していくと、三十軒余りの和佐村も騒然となっていった。岩出方面の堰《せき》を切るための集会に紀ノ川河川敷へ明朝に集まるようにと、鉢巻き姿の和佐村の五人組が一軒一軒回って、参加するようにと説得していったが、村のほぼ半数は断った。当然、房右衛門の父も断った。

風のない炎天下、岩出の河川敷には農民衆約十数万人が集まり、喧騒の坩堝と化した。

和歌山東部の道は農民達でごったがえし、人、人、人で溢れ返った。

昼前から紀州藩に無断で堰を切るため群衆の中に、新婚の花嫁が田植えをするさい、まっ赤なちりめん着物で白タスキ、編笠を深くかぶって、白化粧の男達や、身分や身元を隠すために、顔一面泥や炭を塗りたぐった黒僧衣、また様々な風呂敷で覆面をした百人余りの異様な集団がいた。彼らは農民以外の、権力に反発する謎の男集団でもある。あとで紀州藩との折衝で、収束した一揆の残務処理の段階で、処刑される官郷などの指導者の吹く法螺貝の合図で、堰を切ったあと、非協力な周辺の村々への打ち壊しの先頭に立ち、各方面に別れて河川敷を出立する。その屈強な者ばかりが、例の女装姿で、十数丁の三味線や横笛、多くの銅鑼《どら》や太鼓、そして法螺貝などを吹き打ち鳴らし、その一群が街道を進むと、そのあとに竹やりや棒、釜や鍋などを持った多くの農民が続く。一揆が権力へのアンチ・テーゼというなら、彼ら自身さえ気づかない、一方《いっぽう》で傍観者であろうとする立場から初めて味わう恐れから来る緊張感の高まりと、反発の感情から湧き上るエネルギーは、計り知れないものがあった。なかには念仏踊りをする者や、「それやれー。それやれー」と流行言葉で奇声を上げる者もいた。彼らは今まで経験したことのない非現実で、無秩序な世界へ倒錯していった。興奮したこれらの異様な一団が、紀ノ川沿いの大和街道から小作人と本百姓が入り混じる和佐村の方へ進み、千旦の土手を下り始めると、小倉村などの近隣の村々の火の見櫓《やぐら》の鐘が一斉に鳴り始めた時、

「カン、カン、カン、カーンー」と青年房右衛門も、父の言いつけで反一揆の農家へ警戒を促すため、野良着の袖をめくり上げ、村の、火の見櫓にあがり、額に玉の汗をかきながら必死に打ち続け、その激しい早鐘は天にも轟くほど大きかった。

幸之助の祖父、青年房右衛門は鐘を打ち終えて、屋敷へ戻って来た時、また父親に「お上には逆らえない――。早く中筋殿の屋敷を守れ！　鉢巻きはするな。向う衆と間違えるからな。早く行け。走れ」と、早口で命令された。

一揆衆の目印は、額に手ぬぐいなどで鉢巻きをすることが、不文律で決められていたからだ。それで旗色を鮮明にし、父と小作人が屋敷を守ることになり、大柄な房右衛門はひとりで、父の言い付け通り、長屋門のカンヌキである棒を握り締めると、野良着の裾を腰までまくり上げ、いきおい良く外の道へ飛び出し、中筋大庄屋の方へ走っていった。途中から城ヶ峰など山裾に住む村の若者達が、彼に同行した。和佐富士から城ヶ峰の麓にあたる中筋家の屋敷は、村民達にとっても藩の出先役所と同じ折衝の場であり、とても重要な存在であった。和佐村全体が二分されているなかで、中筋家の中は守る人々少数で、房右衛門達が入ると戸主は大変喜んで迎えてくれた。

人目を引く女装した男衆が、鳴り物を奏でる調子によって、はやし立てられた一揆衆の中で、ねじり鉢巻の血の気の多い農民達が、次々と反一揆の家を取り囲み、狼藉を働き、暴れまくると、被害者の村民は多勢に無勢でなす術もなく、呆然と立ち尽くすのみであった。中筋家を守る青年房右衛門も同様で、彼らは強固な長屋門を打ち破き、広間の襖、家具類を打ち壊し、無抵抗な人々に人的危害を加えることなく、事が終ると、次の村へ立ち去っていった。ただ、鳴り物の甲高い音響だけが、次第に遠ざかっていくのを、安堵の気持で聞いた房右衛門達は、急に緊張感がとれて、ふと我に返った時、家の事が気になった。房右衛門が足早に屋敷へ戻って見ると、米蔵にあった籾殻付きの米も井戸に投げ込まれ、抵抗した父は頭から血を流し、小作人は手足に大きな傷を負っていた。

紀州一揆資料によると、この紀ノ川筋で起こったコブチ騒動は、主だった首領達が田井ノ瀬の処刑場で十人ほど処刑されたのち、被害にあった村々へは銀一貫目など付与され、特に藩側に付いた農民には恩賞が与えられて、幕を閉じた。

藩から揺るぎない信頼を得た房右衛門は、苗字帯刀こそ許されなかったが、嘘をつくのが嫌な性格で、何事も筋を通して、自らの信念は決して曲げず、その気性が村民の多大な信望を得、農業規模も拡大の一歩を辿ったとのことだ。その気性は、幸之助に脈々と受け継がれているのかも知れない。

房右衛門は頭が良く、手間のかかる養蚕や木綿、米の裏作で裸麦など手広く栽培しつつ、熟成させた堆肥の改良に努め、肉体労働に丈け、朝早くから日が暮れる夕方まで小作人達と心をひとつにして、一生懸命に働いた。

五十四歳の時、若い後妻との間に嫡男政楠に恵まれ、時々、土の匂いの染みる野良着のまま、息子を抱き上げては満面笑みを湛え、例えようのない喜びを現わしたそうだ。

明治維新後、版籍奉還、明治四年、土地所有に関する壬申《じんしん》地券から明治六年、改正地券（所有区分の明確化）が計られ、自由に農地なども、以前よりも自由にバイバイ出来るようになると、房右衛門は高齢ながらも時代の先読み、先見の明から、農業で得た利潤と借入金などで両替商や旧豪商、士族達のように、小規模ながらも、流地などの中から良田集積に励み、あとは隠居の準備として、自分が苦労した分だけ、楽な一生を送れるように努力した。彼があと先、短い人生を意識した時、政楠が健気な青年に育ち、早く嫁をもらって、跡目を継がせたい思いから、和佐富士の村の氏神である高積神社へ登った。お酒を供え、拝礼したのち、城ヶ峰の麓から徒歩で若い政楠と高齢の房右衛門は八合目ぐらいから少し険しくなる、歩きにくい細い山道を木々の枝を寄り分けて登り、和佐富士の頂上付近で、紀ノ川の恵みで、豊穣な黄金色に輝く和歌山平野が、一望出来る雑木の間隙から屋敷の方に向けて佇んだ。

初夏の風を含んだ雲が流され、足元の雑草を時々揺らす。あの有名な関羽髭が揺れる。

「お前も知っているだろうが、苦労して手に入れた田圃、守ってくれ――」

頬骨が出っぱって、土で鍛えられた鎧のような両手を野良着の腰にあてつつ、嗄れた声で言った。

「分っています」

政楠は短い時間、日本短角黒牛を使いながら農作業し、日頃ぶつぶつと不満を口にしては、房右衛門を困らせる時もあったので、やんわりと注意したが率直に返事を返した。

二人は遠くの、実り多き稲穂の輝きを黙って眺めていた。

房右衛門は上の方から見た方が田畑の広さが分りやすいのではと思いつき、この場所へ政楠を連れて来たのだが、もうひとつの理由は武士の世ならばもう、とっくに元服の年を過ぎている政楠を思い、

「好きな、おなごがおるのか」と、いきなり尋ねた。

政楠は少し顔を染めた。

「いない」

「嫁をもらうか。わしにあてがある」

幸之助の祖父、房右衛門は、同じ宗派の講で戦国時代雑賀荘鉄砲隊の長老、鈴木孫市系譜で錆びた火縄銃と、小刀が残っている本百姓農家に生れた徳枝という、政楠よりひとつ年下の少し気の強い女子が気になっていて、それとなく、親同士で結婚の話を進めていたのだった。

政楠には父親の気持が伝わって来て、こういう事で心配をかけていた自分に気づき、父の言うことに反目する気持は勿論なかった。房右衛門の思惑通りにことが進み、政楠が徳枝という女性を嫁にもらったのはそれから一年後だった。初々しい二人の結婚の儀はごく普通の神式で、清楚であった。

素朴倹約を旨とする父の強い意志の現われでもあった。

一八五五年生れの政楠は十九歳、ひとつ下の徳枝が夫婦になったのはそのようなエピソードがあっての事であり、妻を早く失った房右衛門はひとまず安堵したようである。和佐村でも評判の夫婦で、もう農作業には従事しない父が作っていた田畑を継承し、農業経営は安定的に推移して、お金持ちの部類に入る中流家庭を築き始めていた。子宝にも恵まれ、明治七年、長女イワが生れ、次に跡取りの長男伊三郎、次女房枝、次男八郎は房右衛門が八十一歳で世を去る年の明治十三年生れで、何故か八郎だけが徳枝の妊娠ブランクが二年で、あとの兄弟達はすべて三年周期で誕生し、三女チヨ、四女ハナ、五女アイが続き、富国強兵をもって、新興日本が中国大陸へ進攻した日清戦争の勃発した明治二十七年十一月二十七日、母屋の大広間の中央で三男幸之助が生れた。町から来た助産婦の手によって取り上げられたその赤子の動きは、元気そのもので、うぶ声は屋敷全体に響き渡り、三十四歳の政楠や兄弟達はもちろん、小作人達も仕事の手を休めて喜び、迎えられたのだった。

またその年、白熱式電球が東芝の元祖藤岡市助によって発売されたのは、何か運命の導きなのかも知れない。

政楠は、長男が伊三郎、次男が八郎なので三男にも「郎」の付く名を考えていたが、その時思い出したことがあった。それは明治とは言え、異質な長寿を全うした父房右衛門の、自分が死んだあと、次に男子が生まれれば幸之助と名づけよとの遺言であった。子供が幸せになるようにとの思いは父と同じで、彼は父から聞いた名に従った。名に幸を冠したことによってか、幸之助は元気にすくすくと育っていった。まっ赤な、血液の充満した小さな頬が、六ヶ月も経つとその充血は治り、寝てばかりしていたが、目鼻立ちがはっきりとし、父房右衛門に似ていると政楠は思った。

（4）

ある日の早朝、眠気まなこの幸之助は五女アイと古い長屋門を出て、すぐ紀ノ川から下ってくる屋敷の前の狭い村道を渡り、立ち止まると、薄霧に包まれた壮大な耕作地の風景の中から政楠と日本短角黒牛が畝《オネ》を作っている姿が現われた。その遠くの方にも小作人達が畝《オネ》の中央に作物の種を蒔いていていた。

「シー、シー、シー」と政楠は手慣れた手付きで五歳の日本短角黒牛を叱咤していた。この若牛は日頃から大きな石を引かせて鍛錬されているので、首を小さく上下させ、前後の足はしっかりと大地を踏みしめ、耕作は安定していた。

暫くして、風が流れ朝霧が晴れていくと、青く澄んだ和佐の空がひろがり、その光る風景を幸之助は眩しそうに眺めていた。

「おーい。幸之助ー。牛に触るか。こっちに来い」

政楠が大きな声で幸之助を呼んだが、幸之助は牛が恐いのか、微笑するアイの後に隠れた。父が耕す畑の方へは行こうとしなかった。

井戸のある裏庭で家族全員の着物や下着類をタライの中で洗濯していたお手伝いのお清が、幸之助らが母屋にいないのに気づき、裏戸から外を捜したところ長屋門の前の村道に二人がいたのを見つけ、

「ぼん。牛が恐いんか。牛が恐かったら農業は出来んぞ」と、恐がる幸之助をうれしそうにからかった。

政楠は笑いながら、また次の畝《オネ》を作るために日本短角黒牛に引かせた樫製の鋤を押し進めていった。

政楠は忙しい時には農作業も進んでするが、小作人達で賄えると判断した時、仕事はせず、その空けた時間は和歌山市内のぶらくり町や、遊びがてら和歌山城近くにある和歌山米穀株式綿糸取引所などで時間をつぶした。

着流しの若旦那に、必然的に責任が問われる立場であったとしても、余人を持って替え難い知識と人格の、人望の厚かった、父房右衛門にかつて依存していた分だけ、決断が優柔不断になりがちだった。法事の時以外、めったに会うことのない徳枝の親類から借金の保証人になってほしいと依頼されても、当然、断るか、躊躇すべき事案なのに、すべて妻、徳枝にまかせた。揉め事がいやな彼の性格からして、持て余すに充分なことがらであった。

農業による生活設計が季節の急激な変動で狂い始め、金銭的に窮地へ追い込まれていった親類夫婦は、たびたび政楠宅を訪れては保証人が駄目ならば、少しばかりのお金を融通してほしいと懇願した。二人の日焼けした顔には追い詰められた者の厳しい表情が宿り、「このままでは畑が涸《か》れてしまう。迷惑はかけない。二ヶ月後に返す」と、必死の形相で語り、広い客間で二人して政楠に土下座をせんばかりに頭をたれた。

ついに政楠は承諾することを決めた。

同席していた徳枝は、複雑な気持で夫の横顔を見詰めたが、夫が決めたことを覆すような発言は慎んだ。政楠は目の前に出された借入金や色々な約束事が毛筆で書かれている証文に目を通し、署名捺印した。

親戚夫婦は涙を流して喜んだ。

「辛抱強く返して下さいよ」

政楠は署名したことにより、心の蟠《わだかま》りが取れて気持が和んだ。

それから平穏な日々が一年以上も続いた。

しかし、政楠の寛容な心が、本当の恐さとして具現化し、その危機が政楠も襲うこととなった。

親類夫婦は借り金の一部がショートし始めると、彼らは、もう政楠が保証したお金さえも工面出来ない事態に陥り、すべての支払いが停止してしまった。雑賀庄の夫婦の家には高利貸しを含む多くの貸し主達が押し寄せ、時には力ずくで、時には暴力的な言葉を吐きかけては威嚇し、滞った金の支払いを催促した。

家の人達は何日も食べ物を口にせず、玄関先で背中を丸め、うつろな目差しで足元ばかり見詰め続け、

「二、三日待ってください」と、同じことをひたすら言い続け、詫びた。

そう言うしか、逃げ口はなかった。

かまどのある土間から勝手口を抜け、逃げようとする夫婦が仁王立ちの高利貸しの男に捕まり、責任を問われると、

「必ず、返しますから」と、二人は地面へ両手をついて何回となく首をペコペコ下げ、その悲壮な表情は哀れであった。

男達はずいぶんと夜遅くまで粘ったが、夫婦の頑固なまでの懇願の言葉が、空しく響くだけで、諦めて帰るしかなかった。だが、その深夜、夫婦は家財道具一式を残して、雑賀庄の村からいなくなってしまった。それを知ると、狼狽したのが証文の持ち主であった。和佐村の松下家にいきなり乗り込んで来て、返金を求めてきた。日頃、温和な表情をあまり乱すことがなかった政楠ではあったが、表情を厳しいものにし、そして、怒りを露わにして対応した。相手側は政楠が金持ちと見込んで一括での弁済を迫ったが、結局、月決めでの返済で同意を取り付け、債務の肩代りを余儀なくされた。特に条件として政楠が保証した借金に利子を上乗せし、初めの頃よりも借金が相当大きなものに膨れ上って、取り立て交渉人はおおいに満足して帰っていった。

政楠は、和佐富士から見て西の方へ伸びる壮大な田畑を、今まで以上に小作人達と死にもの狂いで耕し、父房右衛門のように質素倹約に徹し、決済日に限らず律儀に返済していったが、肩代りした総額が大きく見通しが立たなくなった。そこで、近所に住む気ごころの知れた友人や、同僚の村会議員など周りの人達には秘密のうちに、屋敷の裏の畑をまず分筆担保し、三十四銀行からお金を借り、その場その場を凌《しの》いでいった。外目にはそれほど生活が困窮しているようには見えなかったが、彼はこのままでは月々失うものが大きいとの認識から、次第に焦りを感じ始めていた。何か、手っ取り早く、かつ簡単な方法でお金を得る方策はないかと考えた時、ふと、頭の中にひらめくものがあった。それは、たまに立ち寄っては見学していた、当時ブームになりつつあった米穀や、綿糸の先物投資であった。それが究極の良策とは言いづらいが、政楠は焦っていた。宝くじのような一攫千金の夢を見、それを代々続く名家の自意識が後押しをした。

政楠は、和歌山市四番丁に設立された和歌山米穀株式綿糸取引所へ足繁く通った。じりじりと迫る苦しい現実が政楠をこのような方向へ突き動かしていった。

つぎ込む投資額が大きいほど、儲けも大きくなるという思い込みから、西の方の広々とした上々田を担保に村の有力者などから莫大な金を借り、自らの心の中の魔性の声に突き動かされ、一発逆転を狙ったのだった。少し損をしても投資を続けることで、未来が開けるとの強い思いから多少狙いが外れていても、惰性的にどんどんと深みにはまっていった。

気がつくと、損金はあっという間に、膨大な額にふくれあがっていた。

この時代、和歌山でも、大阪でも、資産を持つ旧家が、一気に凋落の道を歩んだことも、そう珍しくなかったようだ。

和佐村から和歌山米穀株式綿糸取引所へ時々顔を出していた時、相場のコツというものを教えてもらっていた若手仲買人松井伊助は、敗け込んでいた彼をいつも気の毒な思いで見守っていた。

「松下さん。相場は生きもの。勝機は時の運。大金を掴むものはひと握りの衆だけ。悪いことは言わん。資本が枯渇したら、打ち止めどき。金が貯まったら、また勝負したらいい」と、取引所の始まる前、先立つものがなければ、家庭がもたないことを助言した。

「取り戻すまではやめん」

政楠は強気一点ばりであった。

明治三十年頃の松下家は、もう取り返すことが出来ない所まで追い込まれ、決断の冷たい時をただ待つのみであった。房右衛門の努力によって、富農となった松下家の歴史が、凝縮された瓦ぶきの屋敷、肥えて美しい田畑などは、借金の形に渡すことに決まったが、次に住む所が決まるまでは近所の誼で母屋の明け渡しと、その解体だけは待ってもらった。

政楠は大家族を養うため、辛い感傷に浸っている間もなく、窮状を見かねた村長の紹介で手元に残ったお金を元に、経験のない商売を始めることを決めた。

徳枝は反対しようとしても、もう、どうしようもない窮状で、小言を言っても財産が戻ってくるでもなく、豊かな過去の生活がすべて幻と消え、傷痕の中、疲れ切っていた。

（5）

明治の世は、庶民の殆どは着物と下駄である。

和歌山市本町一丁目六番地、和歌山城の近く本町通りの両側に商家が軒先を並べる一角で、政楠は履物屋《はきもの》の商売を始めることとなった。中二階付きの瓦ぶき店舗を保証金なしで借りた。

和歌山県の明治後期の地図によると、そこから少し離れた元町一丁目には二軒、下駄屋があったが本町では松下履物店一軒だけである。しかし本町の店は、すでに亀井氏と結婚していた長女を除く一家が、生活するにはあまりにも狭く、家具など必要とするもの以外はまず安価で処分した。農機具は無料で近所にあげ、一頭売り残していた日本短角黒牛は、川向うの農民に安売りした。そして、前もって、どうしても必要な家財道具と、日頃、みんなが身に付けている着物類、思い出の多い野良着などを使い古した行李へ詰め込み、元小作人や元住み込みで働いていた男達が、樫で造られた大八荷車二台で先に本町の店へ運び入れた。

政楠は最後の日、家族全員を外へ出し、大家族の布団など積み残した荷物すべてを村で借りた二台の大八荷車に運び込んだ後、江戸の庄屋のような屋敷のうち、長屋門の表囲りと、母屋だけを残し、綺麗に解体整地され、思ったより広くなった中庭に暫く呆然と立ちすくんだ。それからまた住み慣れた大広間に入り、長年の生活感が漂うその雰囲気を確かめ、大広間の襖をゆっくりと閉めた。そして、桧で造られた長屋門の観音開きの扉の閂《かんぬき》を入れた途端、父房右衛門には返すがえすも申し訳ないという思いが強く込み上げて来て、涙を袖で拭った。あの、和佐富士で、青年の頃言われた約束が守れなかった無念の涙であり、また、人生で一回きりの受け入れがたい痛恨の涙でもあった。

男泣きが悟られないように、その痕跡が消えるまで待ってから、裏庭の井戸の横を通り表の村道に向った。

明治三十二年初秋の頃であった。

政楠が皆の待つ表の村道に出ると、もうすぐ満五歳になる幸之助が立っていた。政楠が近づいて幸之助の手を取ると、父親を見上げて無邪気に笑った。長屋門に続く西向きの黒い板壁の陰では、しゃがみ込んで身を寄せ合う、五女のアイや、泣き虫の四女ハナが、幸之助とは対照的に泣きじゃくっている。

疲れ果てた表情の徳枝も、日本髪を奇麗に結うことはせず、長い髪を後に結んだまま、泣きやんだ愁眉の娘達を立たせ、着物の袖口で代る代る涙のあとを拭いてやってから、「しっかりして。大丈夫、大丈夫よ」と、励ましたあと、娘達を連れて、マキの木の垣根の前に出て南の矢田方面を見た時、農家が近接する村道の前で、村の女達が何かひそひそと立ち話をしながらこちらを見ていた。徳枝は、好奇な目で見られていても、別にもう気を揉むことはなかった。それを見た政楠は徳枝達に近づき、「どんなことがあっても、金持ちになって、和佐へ帰ってくるから」と、つぶやいた。

二台の大八荷車には荷物が満載され、いつでも出発出来るように準備万端であった。いつものように面倒見の良い長男伊三郎が、幼い幸之助をだっこしようとしたが、政楠が引く大八荷車を後から押さなくてはいけないので、さっきまで涙ぐんでいた人一倍優しいアイが、主に見ることになったが、アイもまた小さい子供なので鈴木の妻が見ることになった。

名家の引っ越しというには、あまりにも惨めな一行は、本町の店を目指して出発した。先頭の大八荷車は鉢巻した気合充分の政楠が引き、横に徳枝がつき、続く二台は元雇人二人、関木と鈴木が受け、丸がりの次男八郎も後から押した。幸之助を含む女連中はその後からついていった。屋敷前から北へ一キロ行くと、紀ノ川南岸の土手へ上る坂に突き当り、重い荷のため二台の大八荷車は暫く立ち往生したが、女達の協力もあって、やっとのことで凸凹道を押し上った。そこを東に上ると、奈良へ通じる大和街道であり、西へ左折すると和歌山市内になる。城下町の方から来た商売人風の人や、農業に従事する人々が、急ぎ足で岩出の方へ向う人達と、すれ違っていく。土手を守るため植えられた松林を、抜けて来た川風が少し肌寒く感じられる朝、二台の大八荷車がゆっくりと本町の方へ進んでいくと、土手の左下にはすでに人の手に渡ってしまった松下家の豊かな耕作地がひろがっている。

大八荷車を引くのは大変疲れる。腹ぐらいの所で樫の棒を両手で握り、引っぱっていくので、踏ん張って前へ進む時、足腰に相当負担がかかる。一番後方を歩く鈴木の妻の背中で、柔らかい温もりを感じている幸之助は、寝たそうにしていた。四女のハナが幸之助の小さな足を少しつついた。

「幸之助。幸之助」

「うん。うーん」

幸之助は生返事をした。

「和佐には帰れないんだよ」

ハナはまだ幼いのに気持の切り替えが出来ていた。

「何で」

幸之助は右手で目をこすった。

「何でも」

ハナは鈴木の妻と並んで歩いた。

晴れ渡る風景の中、緑の多い和佐富士の向うに続く城ヶ峰の美しい稜線が見える。

「遅れてる」と鈴木の妻はハナとアイを急がせた。

皆は先へ先へと紀ノ川南岸の土手道を行く。

本町への道程、三分の二ほど残すあの紀州百姓一揆で主だった者が処刑された田井ノ瀬の八軒家まで来ると、道は土手から左へ離れて下り坂となり、下った所で幸之助の元子守役のお清と父親の圭助が待っていた。

「旦那さん。お久しぶりです」

二人は、道端に大八荷車を止めたばかりの政楠にまず、おじぎをした。

「おお、圭助も元気か」

政楠は大八荷車の前棒を上げると、荷台の後が地面についた。

圭助はかつて松下の離れ田を耕し、わずかばかりの小作料を支払っていた。圭助はそんな訳で家で、少しばかり一行を持てなそうと考えていた。少し行くと、農家が数軒立ち並び、戸に穴の開いた荒家が圭助の家であった。圭助の妻が腰を深く折って出迎えた。政楠は鉢巻にしていた手拭で顔の汗をぬぐい、捲り上げていた着物の裾を下して、家の中へ入っていった。それに続いて、大人達だけ、ぞろぞろと入っていった。ささくれた畳の八畳間と板間の六畳にめいめい座った。圭助の妻はお茶を出した。奥のカマドでは、どこぞから借りて来た大きな鉄鍋が掛けられ、紀州の人々が、昔から好んで食べた茶がゆがどっさりと煮込まれ、その湯気が稲わらがむき出しになった屋根裏までゆったりと、立ち昇っていた。

政楠は外の子供達を呼んだ。

彼らも朝から何も食べていなかった。

長男伊三郎を先頭に子供達は、下駄を脱いで、奇麗とは言えない座敷へ上って車座になった。アイと幸之助は手を繋いで上へあがった。次女房枝やお清、徳枝達は、熱々の茶がゆがそそがれた御飯茶碗が載るお盆を持ち、皆の前へ配っていった。

「ぼん、こっちへおいで」

お清は幸之助を入口の式台の上に座らせ、やや冷ました茶がゆをもらい受け、「食べようか」と、前屈みで幸之助の小さな幼い顔を覗き見て、微笑した。お清が少しずつ幸之助の小さな口元へ箸を運んでやると、とても美味そうにほおばり始め、空腹がいやされていくようであった。それぞれが美味そうに食べ終り、暫くの間雑談したあと、圭助達と家の前で別れ、一行はまた田圃の道を抜け本町を目指した。別名伊勢街道とも呼ばれている大和街道の本道に出てから地蔵の辻あたりが近づくにつれて、行きかう人も多くなった。幼い子供達の中にはかなり歩き疲れていて、だだをこねる子もいた。幸之助はやっぱり鈴木の妻が背負うことになった。

やっとのことで、三井銀行のある和歌山随一の商業地、本町一丁目六番地（今で言うと、紀陽銀行の南側駐車場あたり）、中二階建ての瓦ぶき店舗兼居宅前に着いた時、白髪の家主が待っていた。政楠と、ひとことふたこと話したあと家を出て、すたすたと人力車まで歩いて行き、それに乗って帰っていった。

政楠のすべてをかけるには、あまりに狭い住居空間ではあったが、子供達は何も不平を言わず、大人達が大八荷車から家具類の残りや布団、食器類などを店の奥の間や、中二階の部屋などへ運び入れる間、店の前にじっと座って、優雅な着物を着た若い女の人や、着物の上から黒いマントを羽織った中年紳士や、商売人の荷車などが従来する表通りを眺めているだけである。

寝るところも、物でいっぱい溢れてしまったので、古い帳場の奥にある住居部分に入り切れないものは、鈴木達が持って帰り、あとは数日かけて整理することになった。

店の外から、

「これで和佐へ帰ります。荷車のものは関本さんの家へ持っていきます」と、鈴木の声が聞こえた。

政楠は外に出て、大八荷車の残っている荷を見、

「処分してもいいよ」と言った。

「旦那さん。立派な家具なので預かっておきます」

関本はそう言ったが、政楠は右手を左右に振って、いらないという合図をしたあと、

「今日はもういい。日が落ちないうちに帰った方がいいな」と、労いの言葉をかけた。

鈴木夫妻と関本の三人は、村の人に借りた二台の大八荷車を引き、見送る政楠の家族に対して何度も頭を下げ帰っていった。

二階部分のふたつの部屋が女連中に、下の江戸時代のような帳場と、その隣の板間と、畳の部屋が男達にあてがわれたが、殆ど鮨詰め状態だった。

これからは、貧乏生活を家族みんなで耐え忍び、受容していかなければならないだろう。

（6）

下駄屋の入口は二間ぐらいで、入ってすぐ右側に、棚と正面の帳簿の上に小さなひな段がもともと造ってあり、それほど多くない男女の下駄と、少しばかりの子供用のものがむき出して陳列してある。

不器用な政楠でも帳場に座りながら、明けても暮れても、客に喜んでもらうために努力を惜しまなかった。上物の軽い桐の下駄や、安価な男物の下駄へ模様入りの芯のある鼻緒を、足の親指との趾間に入る下駄本体の穴と、中間の左右二つの穴、それぞれ裏通して結んだあと、うまく人によって調整していたが、それでも合せるのが難しかった。しかし、どの部分をどう伸ばせばいいのか、自然な成り行きで何回もやっていると、自然にその技術が身に付いていった。

先に述べたように、かつて、江戸時代、お寺が多かった近所の元寺町に、二軒のさびれた下駄屋があっただけで、商業地の中心地である本町通りの政楠の店は、初めの頃はそれなりに繁盛していた。

幸之助は湊小学校へ入学した頃、売上げが少なければ両親が卑屈《ひくつ》になり、学校から帰って来ると、店の中で言い争いする親の姿を見、幼い心を痛めていた。そんな時、通りに出て、和歌山城の横、建って間もない和歌山郵便局などの賑やかな町並を、堀の木陰に座って眺め、自分の力で、自らの運命を変えられないことを知るようになった。

まずは末弟ということで、ずいぶんと幸之助を可愛がっていた次男八郎が、栄養分の多い食べ物を充分摂取出来ず、若い体の免疫力の低下を招き、流行性感冒によって、信じられない早さで夭折した。それからその翌年、兄弟達は下駄屋の利益だけでは生活出来ず、働き口を求めて奔走し続けているなかで、二十歳の次女房枝が栄養失調のため、体調を崩し、肺結核のため無念の死を迎え、わずか二年間の間に和佐では元気だった兄弟、二人が相次いで死去してしまった。

近在の村々では矢田峠の上の墓地へ土葬する習慣があったが、あえて市運営の宮前村南出島、三墓三昧で火葬にされたと、思う。

このような、子供達の死の連鎖も悪い風評となり、いつしか、客足は遠ざかっていき、今まで以上に生活が苦しくなっていった。

末っ子幸之助の良く面倒を見ていた責任感の強い、二十三歳になった長男伊三郎は、お金持ちの資産家しか行かれない和歌山城近くにある中学校を、家のごたごたで、和佐村にいた時すでにやめていて、例の米や綿糸の相場を生業とするその業界で二十代、著名な松井伊助の口利きで、優良企業であった和歌山紡績の事務員として家計を助ける勤めに出ていた。だが、その収入をプラスしても生活が苦しかった。それは下駄屋で利益が出、少し貯まれば、あれほど痛い目にあったにもかかわらず、悔悟せず、懇願する徳枝の手を振り切って、近所になった和歌山米穀株式綿糸取引所へ出向き、相変らず相場の上下に魅了され、周囲の人々から冷やかな目付きで見られているにもかかわらず、やめようとはしないのは政楠の性格によることが大きい。

かつて、農業の片手間に村の村会議員として、村役場に出入りし、気の良さそうな旦那衆のひとりとして、気分良く自分の思い通りに振る舞っていたが、相場に失敗してからは、自らの力で生計を立て直そうとしても、肩身が狭く、不機嫌で、生気を失っていた。

そんな折、次女房枝の死から四ヶ月後、長男伊三郎に突然異変が襲った。

勤め先の和歌山紡績から帰って来た時、喉や頭の痛みを訴え、意識ははっきりとしていたが、起き上がるのが辛く、ずっと横になり続けた。

　徳枝は母親として、これ以上子供の死を見たくないという切実な思いから、客の対応よりも伊三郎の看病に専念したが、病状は一向に改善されることなく、悲しいことに体力が消耗していくだけであった。政楠も必要な時には介護を手伝っていた。水分をたっぷり補給するため、冷めた茶がゆを与えたが吐き出すことも多く、成す術もなく日々が過ぎていった。残った兄弟達は帳場の奥の部屋で横たわっている兄、伊三郎を心配そうに見守るなかで、町医者に往診してもらったが、空気感染で伝染する病気ではないが、医学的には根源的対策が見えてこないということだった。食生活の劣化が招くウイルス性の病気だろうということで、わずかな薬を置いて医者は帰っていった。けれども病魔は激しいスピードで伊三郎を襲い、彼は日々衰弱していった。

「毛布が重たい」と、たどたどしい声で枕元に座る徳枝につぶやいた。

「重たいの」と、徳枝は伊三郎を見詰めたあと、薄い毛布を取り、伊三郎の着物の帯を緩めてから、熱のために噴き出す額の汗を手拭いでぬぐってやった時、軽い毛布さえ、その重みに耐え切れないほど若い生命が弱っていく現実を目のあたりにし、またしても、「伊三郎までが…」と、心の中でつぶやき、それを運命というには惨いと、細身の体を震わせた。

「死にたくない。死にたくない」と、伊三郎はもはや死から逃れ切れないとの恐怖と不安から、目を開いて、唐突に悲痛な声をぼそぼそと出した。自らが納得出来ない死を、受け入れられない切迫した拒絶感が、若い伊三郎を苦しめていた。

「大丈夫、大丈夫」

徳枝はピンチになると、いつもの口ぐせで伊三郎にささやいたが、生気が戻ってくるとは思えなかった。が、しかし、あくまでも冷静であった。そして、額の上の熱さましのため、水分の充分含んだ手拭いが熱くなって、それを白い額から取り、脇に置いてあるタライに浸し、絞ってまた白い額に当てた。

「幸は？」と、伊三郎は冷たさに反応を見せ、目をつぶったまま、声をしぼり出した。

「外で友達と遊んでいるよ」と、日本髪が乱れたままの徳枝が答えると、悲壮で固かった表情の中に少しだけ軽い微笑みを浮べて、黙っていた。

それから一週間後、やせ細った伊三郎は亡くなった。

両親と兄弟達は言葉を失った。

簡素な野辺送りのあと、兄弟達と同じように宮前村南出島の市の火葬場で荼毘に付され、和佐村にある菩提寺に治められた。

幸之助は、避けては通れない人間の死というものを感じ取れる年齢になった時、家族の絆が、病死という結末によって、あっけなく遮断され、家庭が一気に崩壊していった事実を、体験したことによって、家族主義という独自の理念を構築していったのだろう。しかし、その後、家庭を崩壊させた父政楠へ怒りと、不信感を持たなかったことは、その後の、父との接触の良好な親子関係で窺い知ることが出来る。

政楠は残った子供達に対して、このような悲しい現実を招いた結果に父親として、彼なりに言葉には出さない苦しみを持ち、もう過去の繁栄へ歯車を戻す気力を失いつつも、それでも家族をやしなっていかなければならない当然の責任感から、自らの就活のことで松井伊助にかねてから相談していた。

もう、金がないので相場の話はしなかった。

松井伊助は政楠が相場に熱意を失ったことで気持が楽になったのか、休み時間になると、取引所の見晴らしのよい窓際へ案内し、世間話をしたあと、急に和泉山脈の方を指さし、

「ぼくも知らなかったんだが、前は堂島の相場値を山から山へと旗の振り方で情報を送ってもらっていたもんや。うまく行かなくってあたりまえ。全員が儲かったら相場になれへんからな。ハハハ……」

松井伊助は相場の歴史を凝縮したひとコマを語り、にこにこと笑った。

政楠はただ、うつむいて聞いていたが、ふと顔を上げた。

「さっそくやけど、あの件どうなりました」と尋ねた。

「あー。そうそう、あの件、あの件。大阪の仲間から口入という仕事をしている五代さんという人が按摩さんの学校をつくって、雑用係がいると言ってきている。どうやろうか」

松井伊助は真剣な表情で政楠に聞いた。

「大阪へ行きます」

「地元にいれば顔をさす。あんたの顔もあって遠方の方が良いと思って。それに相場とも、完全に縁切れるさかい」

松井伊助がそう、たたみかけると、政楠は照れ笑いを繰り返した。


政楠は幸之助達を店の奥の部屋へ集めてその就職先の話をした。

その姿はひかり輝くりっぱな父親ではなく、また父親の威厳を示すものはなかった。

「ここへ来て一年半余り。店を閉めることにした。わしは大阪へ行く」と、少しだが自虐的に目を細めた。

まずは結論を先に言って、その悔いる思いの強さが表情にありありと見えた。

「あとのことは徳枝と話をしておく。心配はするな。何とかなる」

政楠は半分は自分に言い聞かすかのように言い、着古した着物に針を入れて、ほころびを直しつつ、聞き入る徳枝の顔を見た。徳枝は何も言わなかったが、三女チヨが、

「おとうさん。わたしたちのことは心配しないで大阪へ行って――」と、子供達を代表し、気持を抑えて言った。

「そうか。うん。うん。解った」

政楠は気持の整理をつけるため、取り返しのつかない借金をかかえ、兄弟達を充分な医療行為もせず死なせてしまったことを、子供達に謝ろうと思っていたが、みんなの暗い顔を見て、言うのをやめた。


閉店する七日前、売れ残った商品と共に下駄屋を引き続き借りてくれる人が来て、充分納得してもらい、引越しの日程を調整し、ひとまず政楠は安堵した。


徒歩で二十分ぐらい時間のかかる、紀ノ川河口近くの久保町三丁目にある希望条件にそった、裏長屋へ二回目の引越し準備をしなければならなくなった。

地元久保町に住む高齢の滋幸さんの証言によれば、そこはごく普通の平屋の一番奥、左側だったと言う。江戸時代、和歌山の鉄砲鍛冶集団の墓が代々ある古刹海善寺の客殿あたりになっているが、その裏長屋からすぐ紀ノ川の向う岸へ渡る久保の船渡し場へ行ける所でもある。

(7)

一年半近く住んだ下駄屋から久保町三丁目へ、残った子供達と徳枝のものだけに限定し、荷物の梱包を終えた三日後、政楠の要望で、和佐村からまた二台の大八荷車と数人の手伝いが来た。

本町一丁目から少し行って、木製京橋の緩やかな坂を上がる。上流に製作所があるため丸太が浮いている掘川沿いの狭い道をまっすぐ行き、小さな湊橋を渡って、最後の辻を過ぎ、左側に折れ、暫く行くと、視界の中に久保町の古い長屋が現われる。長屋の一番奥に政楠達が着くと、それに気づいた住人達が出てきて手伝い、荷物を狭い玄関先から奥の六畳間に運び入れた。玄関脇の台所で四畳半間がひとつと三畳間ひとつ、六畳間の続きが汲み取り式のトイレになっている。徳枝を中心として五人が住むには、本町の店よりも広い感じがしたが、何か月か人が住んでいなかったので、黴の、すえた匂いがした。

幸之助にとって、本町一丁目よりも小学校が近くになった。

紀ノ川の小さな支流の小さな川に囲まれた、明治六年二月創立の、湊組屋町一丁目の雄小学校へ明治三十三年四月頃から通っていた。

政楠は、極貧の一家の生活を立て直すため、久保の船渡しから南海鉄道の北口駅を経由し、単身、大阪天満へ旅立っていった。

もう、政楠は心がずたずたで、和歌山を出て、新天地の空気とその空間に打ち解けることだけを考え、お金のことは気に止めなかった。だから、彼のわずかな仕送りと、徳枝の日帰りの仕事でも、赤貧の生活が改善することは不可能で、薄幸のチヨ、ハナ、アイ、幸之助達はいつも空腹であった。体が弱くなって、雄小学校を休みがちな幸之助でも元気な時は校庭で遊び、表面上、何もないように清涼感あふれた、小さな顔はひときわ目立った。だが、時折、土埃が舞い上る校庭のみんなを、校舎の片隅から眩しそうに眺めている時、その幼い寂寥の思いには、貧しさへの逆境の反発が含まれていた。

学校へ行くのがいやな時は一日中、じめじめとした一番奥の部屋で、何もせずじっとしていた。十代の少女達にとっても、栄養の高い良質の食物を摂取することが必要なので、安い賃金で日帰りのお手伝いや店員の仕事へ行っていたチヨや、ハナが帰ってくるたび、アイと幸之助は玄関脇へ来て、黙って姉達を見た。

姉達は元気そうに笑って、

「疲れた、疲れた」と言うだけで、母、徳枝が帰って来るのを待った。仕事から帰って来た徳枝が食事の用意をするというので、いつも、幸之助は、近所へ味噌や醤油などの調味料を借りにいかされるが、たびたびなので断られ、べそをかいて戻ってくることも多かった。そんなことをさせている自分も悪いと、自責の念にかられることも多々あり、不憫に思った徳枝は、政楠の許可を得ず、雄小学校から遠く離れた和歌山県海南市栄本町にある木地由商店へ店番という形で幸之助を奉公に出し、雄小学校には長期病欠との届を出した。

(8)

和歌山では明治三十年の後期に電灯がともっている家は、まだ六百軒ぐらいで、殆どの家庭では優しい黄っぽい光の芯が発つ石油ランプを使っていた。その店は、主に平芯石油ランプの販売と、メンテナンスと、少しばかりの電気配線材料をあつかっていて、明治が大正から昭和に変わると、ホワソン真空管及びラジオを売る木地由電機に店名を変えたと伝わっている。

幸之助が雄小学校に近い久保町の裏長屋で一日中、何もせず、何年もいたというのは考えづらく、学校関係者にも知られることもなく、事が水面下で推移したと思われる。

本人も衣食住が担保されて恥じる思いが消え、断然、良い環境の条件下で生活できるので、母親の意向に従った。そこで七歳から九歳ぐらいまで、石油ランプの汚れたガラス部分を布で奇麗にする手伝いをした。子供のいない店主と嫁は、紹介者から幸之助の不運な生い立ちを聞き、生きて来た環境が、厳しいほど生命力が増し、将来、りっぱな大人に育つと思った。夫婦は好奇心の旺盛な幸之助が何かたずねると、知っている知識であれば、何でもすべて答えてやり、自分の子供のように大層可愛がった。そのかいあって、神経質で気弱な一面が少しは緩和されて、その頃の幸之助は少しは幸せな時期でもあった。

ところが、木地由商店で慣れ親しんだ生活を送っていた幸之助のことで、明治三十七年夏、久保町の徳枝の元へ政楠から思いがけない手紙が送られてきた。

その内容とは……幸之助も大阪へ出て世間を早く知った方が良い……仕事先は決まっている…云々ということであった。

大阪盲唖院という聾唖の人のための、私学の雑役係の政楠は、自分の仕事にも慣れたので、唯一の松下家の後継者である幸之助を、自分の近くに呼び寄せて教育しようと、広い人脈を持っている大阪盲唖院院長、五代五兵衛翁に就職先を斡旋してもらっていた。

幸之助は雄小学校での来春の卒業を待たず、木製箱火鉢などを製造販売する宮田火鉢店へ、丁稚奉公のため、あまり良い思い出のない和歌山と決別することになった。

(9)

その日の薄寒い朝、別段、早く起きるでもなく、ごく普通に裏長屋を出て、かつて父政楠が大阪へ上った時と同じように歩いて、数分で紀ノ川の土手を上り、久保町の船渡し場で悲しい面持ちの姉達と別れ、母と幸之助は渡し舟を待った。だいぶ時間がたって、薄い朝霧を突いて向う中州から渡し舟が来た時、数人の乗り客と同じように舟先から乗った。三角の竹編み笠を被った舟頭は、お金を受け取ると、枯れた草が揺れ動く向う岸へむけて、弱い日射しの中乗り合い船を発進させた。流れを切るように進むと、ゆったりと下へ流れる川波が舟底をたたく。

幸之助は膝の上に家を出る時、母が夜のうちに用意してくれた、日常生活に必要なものが入った若葉色に渦巻き模様の入った風呂敷包みを置き、伏し目がちな視線を近づく北岸の方に向け、何度もまばたきをした。父が待っているとは言え、知らない大阪へ行く心細さと不安で、内心落ち着きがなかった。行けば父、政楠が助けてくれるとの思いも強くあって、希望の光も過る。

奈良県大台ケ原を源流とする大河紀ノ川。

水の豊かさは若き日の房右衛門を巻き込んだ百姓一揆の頃と変わらぬ光景である。

茶褐色の草の中に熊笹が混じる中州に船が着き、そそくさと、職人風の男や農夫が先に降り、最後に幸之助母子が降りて、北島からまっすぐ歩き、右に折れて、約一・五キロの土道を三十分かけて紀ノ川北口駅へと急いだ。枕木の線路には所々雑草が茂っている、人影の少ない片田舎の寂れた駅舎に着くと、徳枝は若葉色の風呂敷包みを幸之助の背中に背負わせた。粗末なプラット・ホームには人影がまばらで、和歌山市駅の方から来る蒸気機関車を待った。発車時刻が迫って来るに従って、乗客が増えていった。やがて、蒸気機関車が黒煙をもくもくと力強く上げながら、次第に近づき、その黒い姿が大きくなり、車輪の下から「ショー」と蒸気を一気に吐き出し、粗末なホームに止まった。降りてくる乗客はひとりもいなかった。

明治後期、南海鉄道の時刻表では、難波への直通便はそれほど多くなく、起点発車の和歌山市駅で乗り込む人が多くて、この駅での乗車は、さほど多くはなかった。

日頃からあまり手入れしない日本髪の徳枝は、年の割には老けて見えた。

発車前の少しの間、車内に入り、乗客の中で特に女性に声をかけ、大阪難波へ行く人を探し回った。和歌山市駅から乗ってきた日本髪を美しく結った上品な和服姿に赤いショールを羽織った女の人がいたので、たずねると難波まで行くという。空いていた横の席に幸之助を座らせた。

「この子も難波まで行きます。難波まで行けばおとうさんが待っています。この子を難波までお願いできないでしょうか」と、徳枝は早口で言って頭を下げた。すると、その、うりざね顔の美しい女性は「はい」と、ひとこと、心良く返事し、幸之助の横顔を見て微笑した。

「幸之助。甘えたら、あかんよし」

丸がり頭の幸之助は、母の和歌山弁に返事せず、黙ってうつむいていた。

各停に近い蒸気機関車が、あたりの静寂をかき破るかのように汽笛を勢い良く鳴らすと、紀ノ川北口駅をゆっくりと離れていく。車輪のきしむ音が次第に短くなっていくと、幸之助は窓際の席を譲ってもらって、後へ後へと、引き千切られていく田園風景を、遠い目差しで眺めていた。

ずいぶん時間が経って、蒸気機関車が大阪に入ると、民家の多い町並も見うけられ、ところどころ畑も広がっていた。優しい女性と共に住吉駅で難波駅行きの各停に乗り換え、かなりの時間が過ぎて、終点難波駅に着いた時、初めての蒸気機関車の旅で幸之助は少し疲れていた。親切な貴婦人と改札口を出たところで別れ、ひと列車の乗客、和装の人と一部洋装の人達が、それぞれの目的地へ急ぐ雑踏の中で見渡しながら立ち尽くし、不安を覚えていた時、切符売り場の端の方から懐かしい聞き慣れた声が近づいてきた。

「おーい。おーい。幸之助。待ったか。すまん、すまん」

父、政楠が着物の裾をはばたせ、乗客がまばらになった所を右手を高く上げながら走って来た。

幸之助は急に安堵の表情を浮べて嬉しそうに笑った。

ふたりは顔を見合せた。

「元気かー」

もう数年会っていない父の顔は以前よりも痩せこけ、率直に喜ぶことが出来ず、簡単な返事さえ返すことが出来なかった。政楠は幸之助の頭をぽーんと軽くたたくと、背中の風呂敷包みを両手で外し、右手で持って、外に出た。駅前には数台の人力車が人待ちしていた。大阪の中心地は北の方まで、まわりは畑と民家が点在するだけで、田舎の雰囲気がまだ色濃く残っていた。

政楠は懐から竹皮に包んだおにぎりを出して、ふたりで食べ終ったあと、奉公先である堀川沿いの八幡筋へ向った。長堀川、道頓堀川、西横堀川、東横堀川に囲まれた碁盤の目のような町並を秀吉が造って、その一区画を島の内と言い、この辺りは芸人も多かった。千日前を通って、道頓堀川を渡り、堺筋を少し行き、左に折れるとそこが八幡町である。町家の商家が並ぶ一角、宮田火鉢店の近くまで行くと、幸之助は不安そうに父親の顔を見上げ、歩きながら話した。

「宮田で何をするの」

「火鉢を作る仕事」

政楠も詳しいことは分らなかった。

ふたりは暫く歩いた。

丁度、出荷期だったので、筵で梱包した箱形火鉢が、店の前の荷車に積んである宮田火鉢店の前に着くと、政楠は先に幸之助へ店名の書かれた青い暖簾《のれん》の店の中へ入るように促した。

あまり繁盛していない古風な佇《たたず》まいの店の中へ、幸之助ひとりが入っていくと、完成品の見本火鉢が飾ってある店の中に人影はなく、黒光りする格子戸の奥の部屋で物音がしていた。

「こんにちは」

幸之助は大きな声で呼びかけた。すると、奥から腹立たしいほど頑固な顔つきの、青い前掛けで汚れた手を拭きながら、男の人が姿を見せた。

「和歌山の松下か」と聞いたあと、もう一度奥の作業場の方へ戻っていって、すぐ戻って来た。

「親方が待っている」

その男は素気無く言って、少し笑い、手招きをした。

幸之助はそれに従った。

政楠は幸之助が泣いて店から飛び出してこないかと、心配で店の前を行ったり来たり、数回素通りし、出てくる気配がもうないと判断して、奉公が三ヶ月間ぐらいと聞いていたので店主に挨拶することなく、天満の方へ帰っていった。

前掛けの男は番頭で、彼に言われるままに薄暗い廊下を歩き、製品半ばの箱型火鉢が並ぶ板間の作業場を抜け、一番奥にある親方の居間へ、半分ガラスの入った障子を引いてなかに入ると、着物の襟が乱れて、ぼさぼさ頭の親方が箱火鉢の前で待っていた。

幸之助は若葉色の風呂敷包みを右手側に置き正座した。

「松下幸之助といいます」

「和歌山からひとりで大変でしたやろ」

親方は幸之助からふと視線を落とし、朝日という煙草を一本口にくわえて、鉄火ばしで、赤い炭を取り、火をつけ、悠然といっぷく吸ってから指に挟み、口元に優しいほほえみを浮べた。

「うちは今が一番忙しい時や。辛抱も数ヶ月ぐらいやな」

親方は意味深いことを言って、再び、煙草を吸った。

登校していた雄小学校で国語を教えてもらっていた、明るい感じの村上先生のように愛情の深い人だと思った。

そこで、ひと通り、親方の話を聞き終ると、番頭が入って来て、薄暗い廊下を隔てた丁稚部屋へ幸之助を案内した。幸之助は亡き兄達のお古の着物を脱ぎ、子供用の厚手の作業着に着替えた。木の香りが染み付いた少し大きな作業着と、大きな前掛けを二つ折りして、その細い腰紐を強く締めた本格的な丁稚姿は、初々しく可愛らしかった。自らが手を貸して着替えさせた番頭は少し離れ、大きな目を細めつつ、その立ち姿を見て「少し、大きいなー」と、納得しない素ぶりで笑った。

冬、真っ最中、季節商品である火鉢作りの仕事は今がピークで、番頭と二人で板張りの作業場へ行くと、親方ひとりが銅板を箱の中へ巻く作業をしていた。幸之助は初めて見る多くの半完成品を一瞥《いちべつ》し、座って丁稚見習いの仕事を始めるのである。

老舗、宮田火鉢店では親方と奥さん、それに番頭、幸之助しかいず、幸之助は外が白んでくる早朝、薄っぺらな蒲団からまっ先に起き、店の前の、やや広い商店街通りを掃除し、店角、角には盛り塩をして、そのあと、生活水を得るため掘川へ行く。ある地方ではカワトという川の内側の石の階段を下って、奇麗なうわ水を、古びた桶で汲んで来て、台所の黒茶色の水瓶に貯える。廊下や板間の木の埃を箒で掃き、濡れ雑巾で拭いていく。九歳の子供にとって辛いことには間違いないが、歯を食い縛って、毎日毎日、黙々とこなした。

朝食は親方夫婦と、番頭が先に済ませ、幸之助は台所の上り口で座って、がつがつと取り、親方と番頭が分業して仕事をしている広い作業場へ入っていくと、その日の仕事手順を、親方から指示されて、数時間後、彼らは荷造りした火鉢八個ほどを荷車に積み込み、市内の各所に出掛けていった。幸之助は親方に言われた事をしていたが、店番をする奥さんの言いつけで、厚着した赤ん坊を背中におぶって、あやしながら少し肌寒い通りに出、人通りの少ない裏通りや、人がよく通る目抜き通りをあてもなく徘徊し、ずいぶんと散歩がてら、時間を持て余した。

赤ん坊は時々あやしても、激しく泣いて真っ白な頬を紅潮させた。「ヨイー、ヨイ、ヨー。ヨイー、ヨイ、ヨー」と声をかけ、背中を軽く揺すぶっては泣きやむまで揺り続けていると、自然に眠ってしまった。旧商家の白い蔵の所で前かがみになって腰を下ろし休息していると、妙に背中が暖かくなって、また激しく泣き出した。何度あやしても泣きやまず、困り果てて、急いで店の方へ戻っていくと、店先で近所の料理屋の女将と立ち話していた奥さんは、「どうしたんや」と慌てて近づき、腰紐を解き、一歳未満の赤ん坊をそっと抱きかかえて、店の奥の居間へ入っていった。

幸之助は不慣れな子守りから解放されたが、親方の言いつけ通りの仕事をしていなかったので、配達から帰ってきた親方に怒られた。でも目に涙を見せつつ、事情を説明せず素直に謝った。

幸之助は木製の長方形火鉢の外側の研き方を教えてもらい、教えてもらった通りに、とぐさの茎で一心に研く。

手が痺れるぐらい痛い。

痛くても我慢して、その作業を継続していかなければいけない。

手を止めると親方に怒られるからだ。

日がとっぷり暮れると、幸之助ひとりで、作業場の少しだけ後片付けをし、丁稚部屋へ休憩に行く。

「疲れたか」

先に座っていた番頭は、少し離れた所に座った、幸之助のしんどそうな、小さな顔を見て聞いた。

「大丈夫です」と、元気のない、か細い声で答えた。

「俺はもう慣れてしもうたわ」

番頭は首を少し暗い天上へ斜めに向けたあと、右手の人差し指を口元にあて、薄暗い廊下をはさんで向い側、親方の居住区の方を気にしながら、

「ないしょやけど、この店、儲かっていないんや。商売変えしたらええのにな－」

と、神妙な顔つきで言った。

幸之助は番頭の言う事柄については、父から何も聞いていなかったので、黙っているしかなかった。

利益が出ないと潰れていく運命。

その、企業活動の基本として、幸之助は物を造って売ることの総合的なシステムなど知るよしもないし、物を造る製造過程での色々な経費、そのすべての事が原価となり、流通段階での付加価値が形成されて、商品の価格が決定されることなど解らないのは当然のことである。おまけに大阪船場という所は、生き馬の目を抜くと言われているぐらいで、利潤が担保されない限り、あたり前のことだが、どのような商売でも成り立たなくなり、その真髄を学ぶ厳しい修業の場として有名な所である。

夕食の膳の前で親方、奥さん、番頭、幸之助が整って座る。

奥さんが、かまどで炊いた麦めし入りのサラサラごはんを、装った茶碗を三人の前へ置いて、大皿に残っている焼物と大根の煮物を小皿に分けた。

幸之助は湯呑みのお茶に箸を浸けたあと、腹いっぱいごはんと御菜を食べ、至福のひときを味わった。食べ終ると、残業なので、また親方らといっしょに作業場へ入り、相も変わらず、指先がまっ赤になるまでトクサの茎で火鉢の表面を擦る。茎がぐしゃぐしゃになるまで擦る。幸之助は手の痛みを堪えつつ、仕事を続けた。

和歌山へ戻っても居場所がなく、恋しい故郷は無いのと同じ。

どんな場合でも逃げる場所は残されているはずなのだが、幸之助にとって逃げる場所も帰る所もないのだ。

そんな事情もあって、ただ黙って、木目の年輪模様が美しく浮き上るぐらい磨き続けるしか、術がない。

耐用性、耐久性に優れた製品を、黙々と、夜なべの時間まで費やして造り続けなければ、家内企業の存続はあり得ない。

「これぐらいで置きましょうか」

従業員の疲れが極限に達する前に、親方はやっと作業をやめた。青い前掛けの埃を太い右手で軽く払うと、先に立ち上って、作業場から出ていった。すぐ番頭も作業をやめ、立ち去っていくと、幸之助は掃除と片付けをする。完成品に白い布をかけてから、電灯のあかりを消し、疲れた体を重たい足で、八畳の丁稚部屋へ戻る。先に上っていた番頭は寒いので、すでに上布団を頭から被って、体全体を上布団の中に潜み込ませていた。幸之助は声をかけることもなく、音をたてず、先輩の横へ、部屋の片隅に折り畳んでいる、薄っぺらい上下布団を敷く。やや大きな作業着を脱ぎ、夜な夜な震えながら、横たえる細い体を襲う重い疲れも、時間の経過と共にいつしか深い眠りへ誘《いざな》っていった。

⑽

こうして苦節の三ヶ月が過ぎようとしていた。

火鉢というものは、冬の暖房を取るためのもので、冬場だけの季節商品であり、一度買えば長期的に使用出来、一年を通じて需要が安定する商品ではなく、店がそれほど繁盛している訳ではなかった。その結果、恒常的な赤字が続いていたが、何らかの抜本的な措置を取らず、ずるずると耐え忍んでいた。それは怠慢的惰性というよりも、文明開化後の、大きな時代の流れが影響していたかも知れない。いずれは倒産という事象は、ずいぶん前から避けて通れないことになっていた。商売というものは、充分すぎる利益が、冬の一時期だけ保証されていれば良いというものではなく、健全さを度外視した商売は、自然に淘汰されていく運命なのだ。

貯えが底をついた時、親方はうまく行くかどうか分らないけれども、利潤が確実に見込める他の商売へ変わることをついに決意した。

親方は火鉢屋と決別することにした二週間後、商品のない静かな作業場へ、番頭と幸之助を呼び出した。

三人は座った。

「訳あって、店を閉めることになりましたんや。あんたたちにはすまないと思っておる。これはわしの心づくしの印や。受け取ってんか」

親方はそう言って、白い和紙に包んだお金を別々に手渡した。番頭はすぐもらい受け、懐に仕舞い込んだが、幸之助は何が入っているか解らず、もじもじしていると、

「お金や。受け取りなー」と、番頭は少しきつめの命令言葉で促した。

「はい」

幸之助はそう答えて表情を変えず、ややうつむき加減に押し黙って、膝の前の白い包みを引き寄せ、懐の中へ収めた。その時、ふと父を思い浮べ、一刻も早くこのことを伝え、相談しなければと思った。

「わしもほかの商売を探しているところや。軌道に乗ったら、また来てもうたらええ」

親方はやや、やつれた顔で二人の顔を見、素っ気なく言った。

「おとうさんに言います」と、幸之助が親方に言うと、親方は、

「その方が良いなー」と相打ちを打った。

幸之助は天満の大阪盲唖院へ行って、父にこれから先のことを決めてもらおうと思った。

「わては五代さんにも直接会って話をしたいから、いっしょに行きまひょ」

親方は、大阪盲唖院の院長である五代五兵衛翁とは商売上の親交があった。

彼は按摩の仕事をこなしながら、口入りという不動産などの仲介をし、また別に慈善事業として、盲ろう者の社会復帰を支援する小さな私学を運営していた。弟の五代音吉が自転車屋を開業するにあたって、開店するまでの間、宮田火鉢店を紹介したが、その辺の経緯については、はっきりとは解らないが、ともかく、幸之助が宮田火鉢店での奉公が駄目ならば、次に五代自転車店へ移るという話は、決まっていたらしい。

幸之助自身はそのことについての事情は知るよしもなかった。

番頭は畑違いの毛筆など扱う文房具の店で働くことになった。


幸之助は親方といっしょに天満の政楠のもとを訪れたが、院長の五代五兵衛翁は不在であった。院長に代って、広間で按摩の簡単なところを教えていた政楠は、真剣な表情で二人を校務室へ案内し、お茶でもてなした。親方はまず店を閉めたことを話した。

「わての力不足でりっぱな商売人に育てることが出来ず、すいまへん」と、まず謝罪した。

「いや、いや。これまでお世話になりました」

政楠はすまなそうな仕草を繰り返す親方にそう返事した。

そこへ五代五兵衛翁が帰ってきた。

広間の練習場で休んでいる生徒に声をかけてから校務室に入ってくると、まっすぐ前を見すえたまま、慣れた手付きで丈夫な杖を入口の横にゆっくりと置く。そして、土間から座敷へあがると、人の気配の方へ丸顔を向け「松下はん。誰か来ているそうやなー」と、尋ねた。

「宮田です」

親方はすぐ言った。

「ほう、宮田はん、来てくれたんか」

五代五兵衛翁は、五感のうち聴覚が異常に発達し、その研ぎ澄ました機能で視覚を補って、余りある。

「店を閉めることになりましたんや」

「大変やな。音吉のように新しい商売をしたらよろし。なんぼでも道はあります。くじけたら終りや。なんやったら、探しまひょか」

五代五兵衛翁は若い時盲目になって、自殺しかけ、人に助けてもらった苦い経験を経て、物事を悲観的に考えず、楽天的に生きることを学んだ。だから、人の苦境に対しても、予想外の答えを出すこともあった。

五代五兵衛翁は二人以外の人の気配を感じ取った。

「まだ、客人がおりますのか」

「幸之助。あいさつ」

政楠は幸之助に発言をうながした。

「幸之助です」

「おー、幸之助か。約束通り来んか」

五代五兵衛翁は一度も会ったことがないのに、まるで自分の子供のような、さっぱりとした接し方で話しかけた。

そのタイミングを見はからって、

「これで、おいとましますわ」と親方は別れを告げた。

「わての話をもう少し聞いておくれなはれ」

五代五兵衛翁は久しぶりに会ったので未練たらしく言った。

「また、どこぞで」

親方は五代五兵衛翁の話も無碍には出来ない思いもあったが、来客との折衝が待っていて、感じのいい微笑を湛えつつ、着物の膝部を立ち上り様、整え、草履をはき、帰っていった。

親方が帰ったあと、五代五兵衛翁は三年前の弟、五代音吉のことを政楠にこう語った。

質屋の商売をしていたが、愛妻が病死し、人が変った。

店を閉め、隠遁の生活を送っていた。

「目が見えないわて、でも、くよくよせずいるのに、お前はどういうつもりで生きとるんや。このまま腐って死ぬのか。ええー」と叱ったそうだ。

「どう生きたって、勝手やないか」

五代音吉は兄の言葉にむきになって、怒った。

「死んだ嫁の命は天から与ったもんや。いつまでも沈んでいる時間がもったいないわ。命を生かすも殺すもお前自身や。つべこべ言うな。また商売せい。店の場所はわてが探しておくさかい。お前の嫁も松下はんが心あたりがあると言っとる。あとはお前自身や」

五代五兵衛翁は、身内のことだけに言葉はきつかったが、それだけ弟の人生の立て直しに真剣なのだった。五代音吉は兄の強い説得もあって、新しい商売の自転車と、誓得寺《せんとく》の住職の娘ふじを嫁にもらうことを受け入れたのだった。

このような経過をへて、幸之助は五代音吉の自転車店へ行くことになっていたのだ。

五代五兵衛翁は語り終ると、

「今日はここに泊って、あす音吉の店へ行けばええんや」と言ってから、丈夫な杖を取り、ゆっくりとした動作で外へ出ていった。

「体調はどうや」と、政楠が幸之助に聞いた。

「あんまり変りない」

「元気そうやな。安心した」

幸之助は座っていた父が立ち上って、部屋の片隅の形ばかりの台所に行った時、木地由のことを語ろうかどうか迷ったが、母と、また、けんかになってはと、話すことを思いとどまった。

父は何も言わず夕食の支度を始めた。美味しそうな煮物と白めしの香りが殺風景な部屋にひろがっていった。

幸之助は母から持たされた若葉色の風呂敷包みを開いて、洗濯してもらっていた着替えの下着や着物類など出していた時、

「押入の台を出してくれ」と、父が振り返って言った。

幸之助は父に言われたとおり、小さなチャブ台を押入から出し、部屋の中央へ置いた。すると、父がひとつの皿に煮物と、白めしの入った茶碗ふたつを使い古したチャブ台の上に置き、「食べるか」と、対座して言った。二人とも和佐のことはひと言もしゃべらず、もっぱら、宮田火鉢店の仕事内容を共通の話題として話した。

「自転車屋で何をするのかな」と幸之助が不安そうに言った。

「たいした仕事ではないと思う」と、政楠は宥《なだ》めた。

ずいぶんと時間が経ってから、政楠がいつものように、ひとり用の少し汚れた敷布団を押入から出し、片付けた部屋の中央に敷くと、幸之助は寝間着に着替えてから上布団をその上に被せた。父が盲唖院の戸締まりを済ませてから、ぼんやりとした裸電灯を消すと、幸之助が先に布団の中へ入った。

よもや、父と同じ布団の中で一夜を過ごそうとは夢にも思わなかった。

ゴツゴツと骨ばった父の手が手に触れると、すごく暖かかった。

何も見えない暗やみの天井をふたりは見詰めつつ、暫く外の静けさに耳を傾けていた。

「眠れるか？」と、その静寂を掻き破って、父が呼びかけた。

幸之助は父親の方へ小さな顔を向けた。

政楠は、心の深淵《しんえん》から振り絞るような声で、

「貧乏の苦しみは恥ではない。自覚しなかったわしの恥だ。頭の良い伊三郎や優しかった八郎たちを死なせてしまった責任を背負って生きていくのがどんなに辛いことか」とつぶやいた。

「着物も古着ばかり。食べるものもなかった」

幸之助は初めて和歌山での辛い出来事を前面に出して、父に思いをぶっつけた。

「すまん。許してくれ」

政楠は押し黙った。

政楠は天井を向いたまま、目いっぱいに涙を溜めていた。

彼にとって、幸之助は生きがいであり、生きる希望であった。

幸之助は父が泣いているのが解って、震えるような感動を覚えた。

その時の父の言葉を少しは理解し、噛み締め、いつか、父の無念を晴らしたいとの強い意志が、その後の人生の中でもずっと残っていった。

そっと、父の方へ顔を向けた時、窓から洩れる月の光に照り返された皺の多い頬にひと筋の涙が光って、流れ落ちていった。

幸之助は右手を布団の中から出して、父の涙を手の甲で拭ってやった。

もう父は何も言わなかった。

それは彼の人生で流した二回目の涙であった。

幸之助はひと晩、大阪盲唖院で過ごしたあと、五代五兵衛翁と共に、父に書いてもらった簡単な地図を頼りに五代音吉の自転車店に向かった。よく整備された家並の中にある天満宮の横を抜け、筋をいくつか越え、まっすぐ大川端に行き、そこにかかる木の天神橋から東堀川にかかる四番目の小さな平野橋をゆっくりと渡って、すぐ右の川沿いが淡路町であるが、そこへ行くまでだいぶ時間がかかった。

五代五兵衛翁は着物の袖の裾から太い右手を出し、背中に風呂敷を背負った幸之助の肩にかけ、途中、和菓子屋に寄り、商家の多い中央区から分かりやすい淡路一丁目へ休み休み来た。瓦ぶきの町家にそぐわない屋根の上のま新しい木の看板。間口が大きく開けた五代自転車店が見えた。組み立てられた高価な外国製自転車が一台、土間の台の上に置かれてあり、左側にはプーリンを手で回すドリル旋盤が据えてある。そして、店の中では商用運搬車の修理自転車を、幸之助より少し年上の丁稚と、半年ほど他の自転車屋で経験を積んだ五代音吉が直していた。

幸之助に手をつながれていた五代五兵衛翁が店の中へ入っていくと、五代音吉は作業の手を休め、一瞬、びっくりした様子で顔を上げたあと、すぐ立ち上って、兄を介助するため近づき、来客用の椅子に座らせた。

「この子が松下はんの息子や。これはわしの手みやげや」

五代五兵衛翁は五代音吉に和菓子の包みを手渡した。五代音吉は黙って幸之助を見詰め、「こんなむさくるしい所やけど、がんばってや」と言って、和菓子の包みを旋盤の台の上に置き、先に就職している先輩の丁稚に手まねきをしてから紹介した。

「源太郎です」

「幸之助です」

幸之助はペコリと頭を下げた。

五代音吉は、

「厳しいこともあるけど仲良くしてな。これ、直してからゆっくりと話をしよう」

そう言って、また源太郎といっしょに自転車の修理に取りかかった。

古い店舗の店前だけ解体し、そこに広い仕事場を確保した。

兄のしわがれた声を聞きつけ、控え目に日本髪を調えた新妻ふじが居間から顔を出した。

ふじは細目で鼻筋の通った日本的美人で物静かな女性である。数年前、五代音吉と結婚したふじは、北区西寺町にあった三十以上のお寺が一直線上に並ぶお寺のひとつ誓得寺の住職の娘で、その寺の慈悲深い住職の熱意で、五代五兵衛翁が創立した、聾唖の人達の按摩学校に賛同していた。

「兄さん、今日は何の用事で」

五代五兵衛翁は声のする方へ顔を向けた。

「金のことやがな」

「お金のことはもう少し待っておくなはれ」

五代五兵衛翁はふじにびしゃと言われ、しょうがないなーという表情で禿げ上った頭を掻いた。

「商売繁盛、ささもってこいやなー」

「座敷に上って、お茶でも入れますよって」

「お茶はありがたい」

五代五兵衛翁は次の用事があるのを忘れて、太い首をすくめて笑った。

ふじは愛想笑いを義兄に返して、軽く両手で乱れた首筋の髪を整えつつ、奥の方へ消えていった。五代五兵衛翁は側に立っている幸之助に、

「商売のコツっちゅうもんが解るまで時間がかかるわ。客に嫌われたら終り。そやかと言って客の言いなりになってても敗けです。わての口利きの経験からです。商売は難しいわ」

顔の動きひとつ変えず、淡々と言った。

その言葉は長い間の商売の貴重な裏付けがあってこその、本音の感想と言える。

幸之助はその、心の栄養とも言うべき言葉を黙って聞いていた。

ふじが温目のお茶が入った湯飲みを持って「兄さん」と呼びかけたあと、彼の脹《ふく》よかな両手に持たせた。五代五兵衛翁は「おおきに」と礼を言ってから、ちびりちびりと茶を味わった。幸之助にもお茶をふるまわれたが、喉が渇いていたので一気に飲んだ。

六ヶ月先に入った小僧は、幸之助より年上だが、幸之助はいつも彼の後塵を背し、客がパ

ンクなどでメンテナンスに時間がかかる時、
「たばこ、買って来てくれへんか」と使い走りを頼まれる時が多かった。
ある日、煙草屋に行くと、気の良さそうな煙草屋のおじさんが、
「丁稚さん。何回も足を運ぶんだったら、二十個まとめて買ってくれたら、一個まけとくけど、どう」と言ってくれた。

幸之助は考えた。

まとめ買いをすると、店を離れて買いに行く回数も減るし、一個もうかる。これは一石二鳥だと思った。それ以後、お金をため、ためたお金で煙草の買い置きをし、待ち客の要望にすぐ対応出来るようにした——という話は有名だ。だが、もうひとりの丁稚源太郎が妬み半分から五代音吉に苦言を呈し、結局やむにやまれぬ思いの中で幸之助はその行為をやめた。しかし、ここから商売の一歩が始まったと思われる。

儲かるとの理念が——。

このような、誰もが見捨て、見過ごしてしまいがちなこと、そのささやかな、儲ける切っ掛けがのちのち、偉大な松下幸之助の生き方を決定づける、一石を投じた出来事だったと言っても過言ではない。

参考文献
和佐五千年史。和歌山県史。和歌山市史。和歌山県那賀郡誌。紀州百姓一揆談。和歌山史学。大日本職業別明細図。松下幸之助略史。小論松下幸之助とその心象世界。大阪府写真帖。限りなき魂の成長。和歌山県多額納税者及び大地主。一九八九年四月二十九日夕刊発行、毎日、朝日新聞。明日をひらく心。誰もかなかった松下幸之助。漫画松下幸之助（阿部高明著）。志伝　松下幸之助（大久光著）。人間　松下幸之助の世界。松下幸之助（北康利著）。その他多数。

◆ノンフィクション◆　松下幸之助の生い立ち

司会者　えー、先人に学ぼうということで、またちょっと続けてゆきたいと思うんですけど、まあ古いところから吉宗、河合小梅、南方熊楠というふうに、まぁ時系列からいうとこういうことになるんですけれども、やっぱり和歌山というとこの人を外しては語れないんじゃないかなという風に思うんです。実は経営の神様と言われた人と言いますともう有名でございます。松下幸之助さんでございますねぇ。和歌山市出身なんですねぇ。

世界的な企業に育て上げられた方なんですけれども、さぁ、この松下幸之助さんを研究していらっしゃる方が和歌山にいらっしゃいます。ゲストをお迎えいたしました。作家の与儀清安さんです。

与儀　よろしくお願いします。

司会者　与儀さんはもともとご出身は大阪なんですってね？

与儀　大阪は西淀川です。

司会者　和歌山へはどういうご縁でお越しになったんですか？

与儀　大阪で小さな商売をしていたのですが、小説の勉強ばかりしていまして潰れてしまったのです。ところが和歌山の方に友達がいまして、和歌山に仕事があるから来ないかと誘われ、それで和歌山へ来たんですが、それが今から二十年ほど前のことです。

司会者　それでずっと小説を書き続けていらっしゃる、もちろんドキュメンタリーもあるんですよね？

与儀　そうです。だいたい小説と随筆の間、僕はそれを髄説と言ってるんですけど、そんなものを書いたり、最近は、今月中に「和歌山新報」さんの方に載せていただく予定になっているのですけれど「愛の重さ」という題名で、身体障害者の自立をテーマにした小説を書こうと思っています。

司会者　連載ですか？

与儀　だいたい十枚ぐらいですけど、二回か三回に連載して貰います。そして今書いているのは痴呆症の問題で、アルツハイマーの原因が分からない状態で困っている人の生活体験を、取材を通してまたは自分で本を読んだりして、それを五月いっぱいまでに二十枚か三十枚の短編小説に仕立てようと思っているんですけれども、そしてそのあとに、去年の六月頃に「和歌山新報」さんの方で「松下幸之助さんの原点」というのを十回ほど連載しました。それがたいへん好評だったのです。僕自身はそう思わなかったのですが、色々と方々から電話がかかってきたり、「頑張ってください」とか「後続はどうなっていますか？」などと言われました。

司会者　私も読ませていただいて、「あ、面白いな」と思いましたよ。幸之助さんのことを書いた本はいっぱいありますけど、やっぱり与儀さんの書かれたものは、幸之助さんのことが本当によく浮かび上がってくるなと思いまして、この番組を企画した時に「与儀さんを、与儀さんを」と申し上げたのです。すると与儀さんは仰った。「君達はお眼が高い。俺を呼ぶのはすごい」と言うわけで嬉しい思いをしたのですが……（笑い）

与儀　書いた動機を言わせていただけば、僕は松下幸之助さんの経営哲学の基本的な部分、その底辺にかかわる部分にいったいどのような出来事があったのか、特に少年期の謎の部分にスポットをあててみて、そこが重要なテーマとして関心を持ったわけです。三歳から十歳までの実像を浮き彫りにすることによって、彼の思想がどういうふうに形成されていったかという、いわゆる経営哲学というものに視点をあてたのです。

彼がどうして企業を興したかという動機ですが、彼はこう言ってます。「私が電気の仕事をすると決めたのは食べるためであった」と。彼が六歳の頃は本当に貧しかったのです。家が貧しくて働かなければ食べてゆけない、また体が弱かったから会社勤めは向かない、日給だから仕事を休んだら食べてゆけない、だからどうしても商売でもやって多少とも食べてゆけるようにしたいという、まことにささやかな動機だったのですけれども、それが彼が企業を興す気持ち、そこが一番の原点だったのです。

司会者　最終的に世界の人を驚かせてやろうとか、そういう思いではなくて、食べてゆかなければならないと、とにかく……体も弱いと……

与儀　そうです。初めの頃は世間で囁かれているような、人のため社会のため人間のために何かやってやろうとか、そういうようには燃えていなかったんです。食べてゆかなければならないということで、そのために企業を興したんですね。

司会者　それであれだけ大きく世界のナショナル松下に成功させてゆくなかで、そのいわゆる少年期から青年期にかけての原体験みたいなものがやはり大きく左右しているのでしょうね。

与儀　そうです。色々な資料を抜粋して小説のネタになるために色々と書いてきたのですが、彼は明治二十七年十一月二十七日に和佐村で生まれています。お父さんが政楠、お母さんがとくえさん、八人きょうだいの末っ子として生まれているんです。一歳から三歳までの間はたいへん裕福だったと思うんですが、お父さんが役場に勤めながら村会議員とか地主にもなっているんです。だから田んぼも持っていたわけですが、それが結局お父さんが米相場に失敗して屋敷や田んぼを全部売り払ったのです。残ったお金で本町の今「紀陽銀行」があるでしょう。あそこの敷地内にあったのですが、そこが下駄屋さん、お父さんが下駄屋さんをしたわけです。そこから「雄小学校」に通っていたわけですが、国民学校の四年間のうち実際に通ったのは二年ぐらいで、あとは体が弱いですから家でゴロリと寝たりですね、そういうようなことでしたが下駄屋さんだけでは八人も食べてゆけないですから、今度はお父さんが大阪の天満の大阪盲唖学院という眼の不目由な方の学校へ公務員として入ったと思うんですけど、そしてそこから仕送りしながら、また幸之助さんは、国民学校四年の四月に卒業する前年の十二月頃だったのですかね、お父さんの紹介で丁稚奉公に、大阪の「宮田火鉢店」という、そこに三ヶ月ぐらい行ったのです。

司会者　火鉢屋さん。

与儀　そうです。火鉢屋さん。箱の火鉢を磨いておられたのです。みんなが学校に行っているのに自分だけがというたいへん苦い思いをされたと思いますし、自分がとても惨めだったと思います。

昔の和歌山駅と言えば今の紀和駅になるんですね。そこからお母さんに見送られて和歌山を後にしたのですが、それからその火鉢屋さんも三ヵ月ほどで店を閉めることになり、それでそこのご主人の紹介で大阪の舟場の「五代自転車店」に就職するのですが、そのへんのところはもう有名な話になっています。

エピソードが色々あるのですが、それはもうみなさんご存じのことですが、タバコの買い置きなど、〔敷島〕とか〔朝日〕を買い置きしておいて、お客様にサービスします。サービスと言えばおかしいのですが、買いに行く手間を省くというか、十個ぐらい買えば一個サービスするのです。そこがその商売の原点というか心得ているわけなのです。

また店主に無断で一割引で自転車を売って、戻して来いと言って叱られたけれども、彼は「お客様に喜んで貰えるようなことで商売しないとだめだ」ということで、要するに店主と喧嘩になりました。

だけどその誠意というものはお客様には通じたし、しかも店主にも通じたということで、買い方の方はその熱意というか心を動かして「幸之助さんがおられる間は貴方のところで自転車を買いましょう」というふうに折れてくれたと言います。

司会者　その時は損をしたけれども、後々ずっとお客様が続くじゃないかと……

与儀　そうそう。それも商売、いわゆる「松下イズム」というのですか、それが心の中に残っているということでね。

司会者　色々なことが残された中で、たとえばよその水を飲んでも盗人にはならないように、もっと物を溢れさせればいいじゃないか、もっと日本は豊かにならなければいけないじゃないかとたえず思っておられたようですね。

与儀　自転車屋さんも、十歳から十五歳の間に五年間で辛抱してやって来られたのですけども、その後、これはもっとも大切なことなのですが、その間に考えたのは「何をすればいいのか」であり、この時代の流れの中で考えたことは「これからの時代は電気の時代だ」と見抜いたのですね。時代を先取りする、先見性、新しい物にいつも眼を向けて「自分がこれから生きてゆく道は電気しかない」と決めてこの「五代自転車店」を辞めたのですね。

そして今の「関西電力」の試験を受けました。昔は大阪電灯株式会社と言いました。しかし試験を受けてすぐに入社できるような状態ではありません。「空き」があれば入れるというような状態で、試験には通ったものの「空き」がなければ駄目だということで、彼は迷ったものの、仕方がないということでアルバイトをしながら……そのアルバイトもお姉さんの夫が大阪築港でセメント会社に勤めているのですが、そこでアルバイトのトロッコ引きといって、肩にトロッコをつけたり押していったり、船にセメントを積みこんだり、そしてその時に海に落ちまして溺れかけたこともあったそうです。

司会者　体が丈夫じゃないということでしたのにたいへんでしたでしょうねえ。大きな体軀じゃないのにそのような沖仲士というか荷役の仕事もやっておられたのですね。

与儀　そして、しかし結局それがまた為になったのですね。それから三ヵ月、四ヵ月、五ヵ月先になって入社の話があって会社に行ったのです。

昔の様式では碍子と碍子の間に電線があるでしょう。それを各家につけてゆく仕事ですが、彼はまだ助手でしたから、荷車を押して重い荷物とか色々な道具類を大八車に乗せて町々を廻っていったのです。セメント会社での肉体的な鍛え方がプラスになったのですね。人間の運命の出会いとでも言いますか、そういうところがよかったのではないかと思いますね。

司会者　後々の幸之助さんの人生においても、出会いを大切にするとか、自分が体が弱いから弱い者へのいたわりみたいなものがそこから生まれたのでしょうねえ。

与儀　そうですね。

司会者　色々とお話を伺ってきて、本当に「お客様を大事にしなければならない」それから「自分たちの製品を売ってくれるディーラーというか小売店を大事にしなければならない」ということを絶えず言い続けて来られた人ですよね。

与儀　そうです。

司会者　だからアイデアの人であったり、また優しさが心のうちに潤っておられたりして、幸之助さんは大成功なさったのだと思いますが、その中でも僕は、与儀さんね、晩年仰った言葉というか、晩年はけっこう世の中に提言もなさいましたよね。その中で今あの、ほら、外形標準課税の話がありますよね。税金の話をされててね。もし江戸時代であればこれだけ企業から税金をとれば一揆が起こりますよって仰ったことがありましたよね。

与儀　ええ、読んだことがあります。

司会者　そんなことも仰っていたし、もう少し大企業を大事にしないかというように彼から仰ったのですが、色々と思うことがあって……

与儀　税の問題ですね。

司会者　そういうことですね。

与儀　さて、先人に学ぼうということで松下幸之助さんについて作家の与儀清安さんに色々とお話をお伺いしてきたのですけれども、今後またこの続編が、青年期まで書いておられますからそれ以降のお話が出るんですね。

与儀　そうです。ちょっと好評だったので五月以後にまた書いてみようかなと思っています。

司会者　お出しになったものは一冊の本になりますか?

与儀　今から色々な小説、短編ばかり書いてゆくのですが、一応五編ほど予定していますので、まとまれば出版しようかと思っています。その節はご協力をお願いします。

司会者　楽しみにしておりますので、頑張って郷土のために書いてください。どうも有り難うございました。

与儀　どうも有り難うございました。

司会者　作家の与儀清安さんでございました。

「和歌山放送ミレニアム特別番組、21世紀への元気発信!わかやま」で二〇〇〇年四月一日(土)五時間ワイド番組の一部を活字に起こしたものである。

司会者、小林逸郎アナウンサーです。

後記

松下幸之助の幼年期には多くの謎があった。

五才の頃、父が経営していた本町の下駄屋がどこにあったのか。病弱であったが小学校へ行かず、約一年半近くも小学校の近くの裏長屋で何もせず、本当に過ごすことが可能なのか。そして、何よりも下駄屋閉店後、一時期移り住んだとされる裏長屋がどこにあったのか。ずいぶんと歳月をかけ、謎をつきとめ、この小説を上梓することになったが、完成までもう少しの所で腰部背柱管狭窄症になり、椎弓切除手術を受けることになった。手術室に入って、点滴麻酔で意識がバサーと途切れ、それからほんの数秒たって、頬をたたかれた。今から始まるんだろうと思った。けれども、もう時間が四時間余り過ぎ、当然その間の記憶と意識は喪失した。たぶん人間の死というものは、このようなものだろうと切実に実感した。手術の次の日の昼前、青年医師と理学療法士が病室に来て、すぐ歩けますかと聞いてきた。頭上には各種点滴とベッドの下には尿道から膀胱まで細い管が入り、尿を下で受けているし、背中の間へ椎弓の骨を削った所へドロドロの血液を抜く管が入り、またそれも下の入れ物で取っている状態だった。

「じゃ、全部抜いてー」と、私は答えた。

青年医師は少し考えたあと、うなずいた。

和歌山日赤病院の看護学生と理学療法士三人で、一周二百メートルの三角形の白い回廊を、歩行器を頼りにゆっくり歩いた。それを契機に毎日十周は歩いた。だから、肉体的回復が早かったと思われる。

和歌山日赤病院の十階ティールームの窓に、早朝の柔らかい光が射し込む中、川面が鉛色に見える紀ノ川の向こう、幾何学的模様のような新日鉄住金の高炉と赤白の鉢巻きをした、十数本の煙突群を含む建屋や、モヤーとした海の空間を背景にうっすらと顔を覗かす淡路島と四国を眺めては、入院中、この小説の最終調整を含めて添削していた。

その作業を終えた時は、肩の荷を下ろす安堵感よりも、これでこの作品と真摯に向き合って、もう戦うことができない。手元から離れていく一種の寂寥感みたいなものが私の中にひろがっていた。そして、そのような複雑な気持ちを持ちつつ、手術後、二週間で退院し、一日置いて親戚が北谷町に良い温泉があるというので、すぐに沖縄に飛んだ。

手術後、沖縄・糸満市の摩文仁丘が見える平和祈念資料館内にて撮影。この写真をとってくれた人はたまたま、その丘を眺めながら、涙ぐんでいた沖縄美人の若い女の人でした。

与儀清安（よぎ　きよやす）

若い頃、文芸同人雑誌を点々とする。
地方紙「和歌山新報」に「松下幸之助の原点」を連載した。
電子小説「愛の重さ」を上梓した。
現在、リフォーム会社陶彩館勤務。

和佐富士は見た　松下幸之助の伝説的原点

2017年2月11日　発行

著　者　与儀　清安
制　作　株式会社 風詠社
発行所　ブックウェイ
〒670-0933　姫路市平野町62
TEL.079（222）5372　FAX.079（244）1482
https://bookway.jp
印刷所　小野高速印刷株式会社

ISBN978-4-86584-223-4

乱丁本・落丁本は送料小社負担でお取り換えいたします。